Alexandra M. Schumacher

RACHE

AF200723

A&S

Alexandra M. Schumacher

Rache

A&S

Alexandra M. Schumacher
Rache
Erzählung, Köln, 2020

© 2020 Alexandra M. Hermann

A&S cinethek, Band 2

Satz und Publishing:
AMH-Publishing-Systems, Cologne
alexandra.m.hermann@gmx.de

Covergestaltung:
Alexandra Melanie Hermann
unter Verwendung einer Grafik von
Peter Thomas Baumner

Illustrationen: Peter Thomas Baumner

Bibliografische Information der Deutschen Nationalbibliothek: Die
Deutsche Nationalbibliothek verzeichnet diese Publikation in der
Deutschen Nationalbibliografie; detaillierte bibliografische Daten sind
im Internet über www.dnb.de abrufbar.

Herstellung und Verlag:
BoD – Books on Demand, Norderstedt
ISBN: 9783751907293

Inhalt

Vorspann

Die Kinoleinwand ist dunkel. Man hört eine instrumentale Fassung von Richard Wagners Chor der Pilger aus dem Tannhäuser. Ein großes Orchester, ganz die originale Partitur, aber die Stimmen des Chors und auch der Part des Tannhäuser, der die Melodie des Chors aufnimmt, werden von einem satten Moog-Synthesizer gespielt. Dann langsames Einblendend des ersten Bildes. Eine dürre Savannenlandschaft, trockenes Gras, verdorrte Bäume, alles mit einem gelb-rötlichen Staub bedeckt. In der Ferne, auf der dünnen Linie eines schmalen Horizonts, geht die Gestalt einer schlanken, hochgewachsenen Frau. Auf dem Rücken trägt sie, in ein Tuch gebunden, ein Kind. Die Melodie des Wagnerschen Pilgerchors verklingt. Übrig bleibt das Geräusch des durch die Savanne wehenden Windes, der mit trockenem Gras und dürren Ästen spielt.

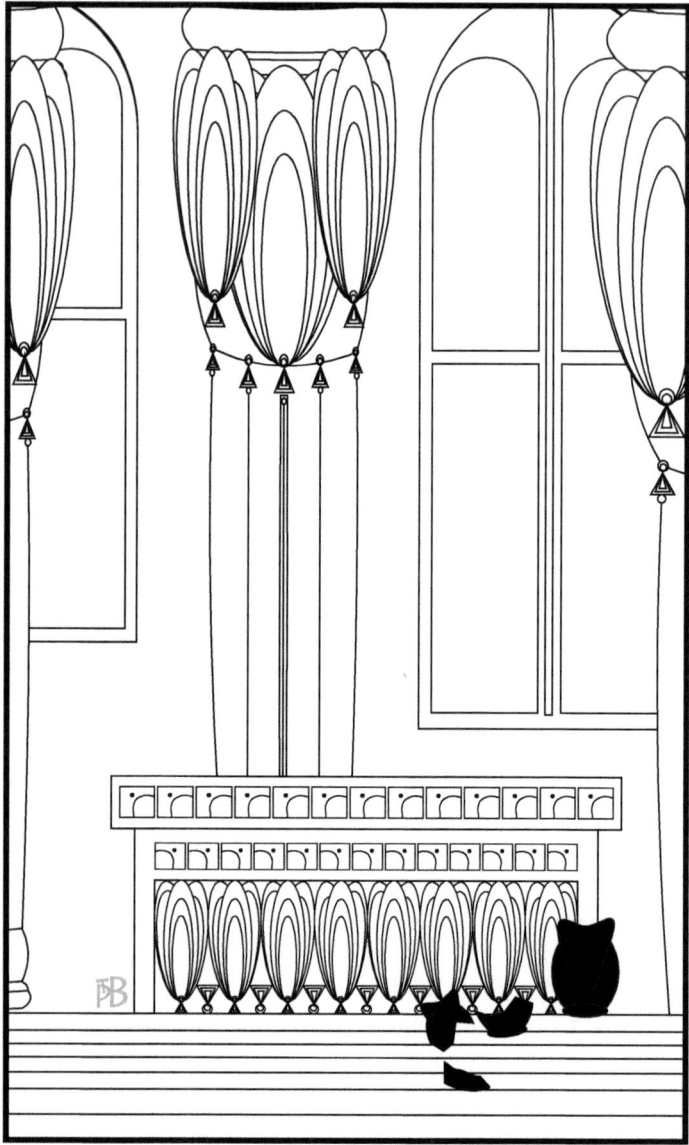

Das Bild der Savannenlandschaft. Immer noch dieselbe Einstellung. Ein lautes Geräusch. Man hört wie ein Tonkrug hart auf einen steinernen Boden aufschlägt und zerbricht.

Schnitt.

Der Blick auf den steinernen Boden, große Platten, schwarzer Granit. Die Scherben des gerade zerbrochenen Krugs liegen da. Die Kamera fährt etwas zurück. Die Stufen eines Altars. Das Innere eines in die Wüste gebauten Tempels. Einige wuchtig schwere Säulen, früh ägyptisch, mit seltsamen Zeichen bemalt. Der Finger einer schwarzen Frau fährt über die Zeichen, die in den Sockel des Altares eingelassen sind. In einem eingeblendeten Schriftband läuft, parallel zum tastenden Finger der Frau, die Übersetzung:

Die Rache vernichtet Alles,
sie verschlingt ohne Unterschied
sie kennt keine Gerechtigkeit
und hat kein Erbarmen.

Die Frau nimmt eine der Scherben und ritzt damit ein Zeichen auf die Platten vor den Altarstufen: ein Punkt und eine gebogene Linie.

Schnitt.

Wieder die Totale der Savannenlandschaft und das Geräusch des in der einsamen Öde wehenden Windes.

Langsames Abblenden ins Schwarz.

Szene 1

Weiches Einblenden. Langsam kommt das Bild aus der Unschärfe. Farben wie bei einem Film aus den 1970er-Jahren. Eine Spieluhr spielt ein Kinderlied. Man hört die Melodie von: „Schlaf Kindchen schlaf." Die Kamera fährt auf einen Spielzeugmond aus weichem Stoff. Der Mond hängt vor einer bunt gemusterten Tapete an einer Kordel.

Schnitt.

Ein Kinderzimmer. Eine Frau mit einem Wollkleid kommt in die Szene. Im Muster des Kleides sind große bunte Punkte gestrickt. Über dem Wollkleid trägt die Frau eine Schürze aus gelblich durchsichtigem Gummi. Sie führt einen Mann zu einer Kommode. Es ist die bunte Kommode eines Kinderzimmers. Sie ist so groß, dass der Mann wie ein Kind erscheint. Die Frau gibt dem Mann einen Klaps auf den Po. Sie spricht zu ihm, aber man hört nicht was sie sagt. Man hört nur Musik. Die kommt von einem Schallplattenspieler, den die Kamera jetzt eine ganze Weile zeigt. Dann nur die Schallplatte, die sich dreht, und der Tonabnehmer. Die Kamera fährt auf das sich drehende Label der Schallplatte: „Lolita im Land der Kinder. Ariola." Man hört in dem 1970er-Jahre

Arrangement: „Schlaf Kindchen schlaf, die Mutter hütet die Schaf, ..."

Schnitt.

Im gleichen Raum, eine andere Einstellung. Nicht nur die Kommode, auch die anderen Möbel sind hier so groß, dass Erwachsene wie Kinder wirken. Dazwischen geschickt eingebaute Podeste, auf denen die Frau mit der transparenten Gummischürze steht, so, dass der Mann ihr nur bis zum Bauchnabel reicht. Sie schaut ihn an, nimmt seinen Kopf in die Hand. Der Mann hat eine violette Unterhose an. Ansonsten ist er nackt. Er muss sich auf einen übergroßen, bunt lackierten, Stuhl setzen. Seine Beine baumeln in der Luft. Er wird mit einem gepolsterten Geschirr aus rotem Leder angeschnallt.

Schnitt.

Eine junge Frau steht vor einer Kommode. Sie muss sich vorbeugen. Ihr Po ist entblößt. Sie bekommt mit einem Rohrstock Schläge auf den Po. Die Frau, die das Wollkleid und die Gummischürze trägt, züchtigt die junge Frau streng. Die Kamera fährt nah an den Stock. Man sieht, dass er gut eingeweicht worden ist. Immer schneller und immer heftiger pfeift der dünne Stock auf den Po der jungen Frau. Die Kamera zeigt den nackten Po, der schon bald über und über mit brennenden Striemen bedeckt ist.

Dann eine Einstellung mit dem Gesicht des auf dem Stuhl angeschnallten Mannes. Er ist sehr erregt.

Die Kamera fährt etwas zurück. In der violett gemusterten Unterhose sieht man das bis zum Anschlag steif erigierte Glied.

Die Musik wird langsam leiser. Man hört jetzt nur noch das pfeifende Geräusch des Stocks auf dem Po der jungen Frau. Die Schläge werden immer fester und folgen immer schneller aufeinander. Die junge Frau schreit und stöhnt laut.

Die Frau in der Gummischürze kommt mit dem Stock in der Hand zu dem Mann. Sie packt ihn am Kinn, schaut auf sein in der Unterhose erigiertes Glied.

„Na, macht dich das an", sagt sie.

Auf ihrem Gesicht ein Lächeln, zufrieden und selbstsicher. Das Lächeln sagt: „Ich weiß was ich mit dir mache, hier. Du wirst dich noch wundern." Sie löst die Schnallen des Geschirrs, mit dem der Mann fixiert ist und lässt ihn aufstehen.

„Jetzt bist du dran", sagt die Frau. Sie führt den Mann zur Kommode. Der Mann beugt sich vor und legt seine Hände auf die Kommode. In seinen Bewegungen ein Zögern. Er hat Angst.

Die junge Frau, die gerade gezüchtigt worden ist, steht jetzt auf der anderen Seite der Kommode. Sie nimmt die Hände des erregten Mannes. Die Unterhose des Mannes wird heruntergezogen. Die Frau in der Gummischürze streichelt einige Male mit ihrer Hand über den Po des Mannes; gib ihm ein paar leichte Klapse. Dann bekommt er die ersten Stockschläge. Sie setzt sie langsam, einen neben den anderen. Zunächst sind es leichte Schläge. Dann werden die Schläge fester.

„Schön stillhalten", sagt die Frau zum Mann, der langsam den Schmerz des pfeifenden Stocks spürt und unruhig hin und her zappelt.

Schnitt.

Ein Polster wird auf die Kommode gelegt. Es gibt an der Kommode Ösen, durch die breite Riemen gezogen werden. Der Mann wird mit den Riemen fest angeschnallt. Er bekommt einen kräftigen Gummiknebel in den Mund.

„Jetzt wirst du mal richtig durchgenommen", sagt die Frau in der Gummischürze und lacht.

Mit dem gut eingeweichten Rohrstock gibt sie dem Mann eine richtig strenge Tracht Prügel. Ohne Unterbrechung lässt sie den dünnen pfeifenden Stock immer wieder mit voller Wucht auf seinen nackten Po sausen. Der Knebel unterdrückt die Schreie des Mannes kaum. Man hört sein dumpfes Stöhnen. Er zappelt, aber die Fesseln sitzen fest.

Die Kamera zeigt den völlig verstriemten Po. Die Schnallen der Riemen werden gelöst. Der Mann bekommt ein Gummihöschen angezogen. Man hört das Klacken der Druckknöpfe. Die Frau nimmt aus einem Regal einen Strampelanzug aus gelblich halbtransparentem Gummi. Der Strampelanzug ist mit einem Blümchenmuster aus dünnen, weißen Linien bedruckt. Die Frau zieht dem Mann den Strampelanzug an und legt ihm dann darüber ein Ledergeschirr an. Einer der handbreiten Riemen des Geschirrs geht auch durch den Schritt des Mannes.

Die Frau verbindet die Riemen des Geschirrs mit einer Kette. Ein Karabinerhaken klackt ein. Die Kamera fährt zurück. Man sieht, dass die Kette an einem elektrischen Flaschenzug hängt, der an einer Laufkatze an der Decke befestigt ist. Die Frau geht zur Tür. Dort hängt eine kabelgebundene Steuerung für den Flaschenzug. Sie nimmt den kleinen klobigen Kasten mit den gummigeschützten Steuerungsknöpfen in die Hand, drückt einen Knopf. Man hört das surrend summende Geräusch des Elektromotors. Es gibt einen Ruck und der Mann hängt in seinem Geschirr mitten im Raum in der Luft. Er strampelt hilflos.

Die Frau lächelt. Sie lässt den Mann zurück auf den Boden. Als er gerade sein Gleichgewicht wiedergefunden hat, zieht der Flaschenzug ihn noch einmal hoch. Seine Beine baumeln wieder in der Luft.

Ein Telefon schellt. Die Kamera zeigt ein 1970er-Jahre Telefon, das auf einem gehäkelten Deckchen, auf einem kleinen Beistelltisch neben der Tür steht. Die Frau legt die Steuerung neben das Telefon und nimmt den Hörer ab.

Man hört eine Stimme aus dem Telefon, versteht aber nicht was die Stimme sagt.

„Oh", sagt die Frau. Ihr Gesicht zeigt Erschrecken.

„Wie viel Zeit habe ich?", fragt sie dann. Das Gegenüber antwortet. Die Frau nickt kurz und legt dann auf. Sie schaut auf den in seinem Geschirr hilflos mitten im Raum hängenden Mann.

Abblenden.

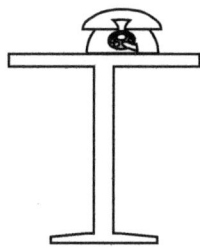

Szene 2

Ein Mann, der wie Alain Delon aussieht, ist zu sehen. Natürlich ist es nicht Alain Delon. Aber der Schauspieler versucht, so gut es geht, sich wie das Vorbild zu geben.

Er geht über eine Straße. Es könnte Paris sein, vielleicht auch eine andere Stadt, auf jeden Fall eine Großstadt.

Der Mann kommt an einem Obststand vorbei. Ein Obsthändler mit einer Pudelmütze auf dem Kopf wirft ihm einen Apfel zu. Der Mann fängt ihn auf und beißt in den Apfel, geht weiter. Man sieht wie er kaut. Er beißt auf etwas Hartes. Der Mann spuckt es in seine Hand. Eine kleine metallische Kapsel. Die Kamera zeigt kurz wie er die Kapsel in der Hand hält und sie dann schnell in der Tasche seiner Hose verschwinden lässt. Er wirft den angebissenen Apfel beiseite.

Schnitt.

In einem Restaurant. Der Mann telefoniert. Man sieht seinen Hinterkopf und den an das Ohr gepressten grauen Telefonhörer. Dann fährt der Mann mit der U-Bahn. Jetzt sieht man, dass es Paris ist, die Metro. An einer Station, deren Name man nicht erkennen kann, steigt er aus. Er geht durch Tunnel, steigt eine Treppe hoch, dann eine lange Rolltreppe und wieder ein Tunnel. Er geht in einem

Strom von Menschen. Neben einem alten Getränkeautomaten sitz ein Straßenmusiker. Der Mann stößt mit der Spitze seines Lederschuhs vor die Dose, in die die Passanten Geld werfen. Der Straßenmusiker deutet auf einen Gitarrenkoffer, der neben ihm steht. Der Mann nickt kaum merklich, nimmt den Koffer und schmeißt einige Münzen und die geöffnete Kapsel aus dem Apfel in das Geldkästchen. Der Straßenmusiker greift nach der Kapsel, packt seine Sachen zusammen und verschwindet.

Schnitt.

Ein Hotelzimmer. Der geöffnete Gitarrenkoffer liegt auf dem Bett. Im Koffer liegen eine Maschinenpistole, ein Präzisionsgewehr mit Zielfernrohr, einige Pistolen und sehr viel Munition.

Der Mann schiebt die Gardine kurz beiseite und schaut durch das Fenster. Mit dem Zielfernrohr des Präzisionsgewehrs – die Kamera zeigt den Blick durch das Fernrohr – kann er, im Haus auf der gegenüberliegenden Seite der Straße, durch das Fenster in das Zimmer schauen, in dem die übergroßen Kindermöbel für das Babyspiel sind.

Die Kamera zeigt den Mann, der eingepackt in den Strampelanzug aus Gummi, im Geschirr unter der Decke des Zimmers hängt.

Eine kurze schwarze Blende, wie das reflexartige Schließen der Augen bei Gefahr. Das Krachen eines Schusses. Dann sieht man den in seinem Geschirr hängenden Mann. Blut rinnt aus dem Gummistrampelanzug. Die Kamera fährt nah an die Einschussstelle heran.

Schnitt.

Im Zimmer des Mannes der wie Alain Delon aussieht. Die Tür wird aufgebrochen. Ein Bewaffneter, dann zwei, dann ein dritter Bewaffneter, alle vermummt, stürmen in

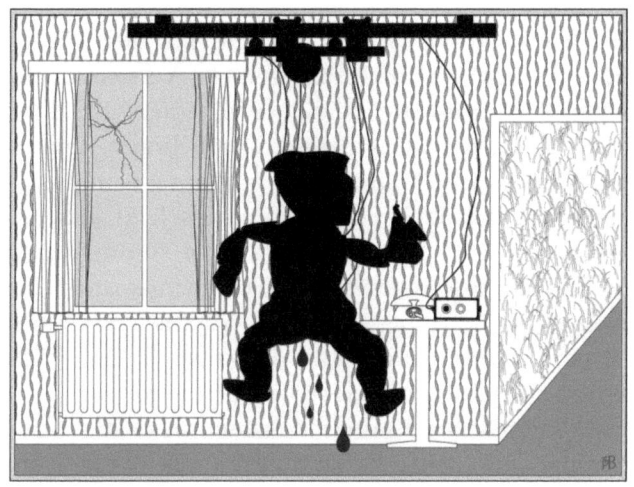

das Zimmer. Sie sehen den Gitarrenkoffer, und das Präzisionsgewehr. Das Maschinengewehr, die Pistolen und
die Munition liegen nicht mehr auf dem Bett. Einer der
Bewaffneten greift nach dem Präzisionsgewehr. Daneben
liegt ein kleiner Zettel, dem man ansieht, dass er lange
eng zusammengerollt in einer kleinen Kapsel gesteckt
hat. Die behandschuhte Hand des Bewaffneten entrollt
den Zettel. Die Kamera zeigt den Zettel. Es ist ein her-
ausgeschnittenes Stück der Seite eines Telefonbuchs. Ein
Straßenname und eine Hausnummer sind unterstrichen.

„Das war einer von Dantons Leuten", sagt der erste Bewaffnete. Der zweite Bewaffnete nickt.

Schnitt.

Eine ganz kurze Einstellung, nur ein Augenblinzeln,
zeigt das Gesicht des unter dem Bett liegenden Mannes
der wie Alain Delon aussieht. In seinem Gesicht äußerste
Anspannung.

Schnitt.

Ein großer Knall. Schüsse. Der Mann, der wie Alain Delon aussieht, springt aus seinem Versteck hervor. Er erschießt einen der beiden maskierten Männer, der andere verschanzt sich hinter dem Schrank. Eine wilde Schießerei. Der Mann, der wie Alain Delon aussieht, schießt sich den Weg frei. Die Kamera folgt ihm durch das Treppenhaus. Auch hier bewaffnete Vermummte, die er niedertritt oder niederschießt. Er flüchtet durch einen Kellergang, über einen Hof mit Wäscheleinen, springt über eine Gartenmauer, schmeißt dabei einige Mülltonnen um. Der Lärm der Verfolgungsjagt wird langsam von Musik überblendet: Ein Arrangement, das klingt wie die Titelmusik aus dem Belmondo Film „Der Profi". Ennio Morricone, Chi Mai. Abblenden des Bildes. Die Musik spielt weiter.

Eine kurze Zeit ist die Leinwand dunkel. Dann einblenden des Bildes. Der Schallplattenspieler der ersten Szene. Die letzten Takte von Morricones Filmmusik. Die Nadel fährt durch die Auslaufrille. Der Tonabnehmer klackt nach oben.

Schnitt.

Die Einstellung zeigt die Frau mit dem Wollkleid. Sie hat die Gummischürze abgelegt. Sie steht vor einem Schrank, öffnet ihn. Im Schrank der Mann, den sie mit dem Rohrstock gezüchtigt und in den Strampelanzug aus Gummi gepackt hat. Er ist nackt, sein Gesicht kreidebleich.

„Wer hat dich gewarnt?", fragt er.

„Das ist jetzt egal", sagt die Frau, „mach schnell. Du hast nur wenig Zeit."

Der Mann zieht die Sachen an, die auf dem Sessel neben dem Telefontischchen liegen: Boxershorts, ein weißes

Hemd und ein grauer Anzug mit feinen Streifen. Die Frau öffnet eine Tapetentür. Auf der Tapete sieht man Blutspritzer.

„Danke", sagt der Mann und verschwindet im Dunkel der Türöffnung.

Die Frau schließt die Tür, lehnt sich mit dem Rücken an die Tür und sinkt dann in sich zusammen. Die Kamera fährt zurück. Man sieht die von der Decke hängenden Riemen des Geschirrs und darin den Gummistrampelanzug mit der Einschussstelle. Die Kamera fährt näher an den Anzug heran. Jetzt sieht man, dass der Anzug mit Lappen ausgestopft ist, die mit einer blutroten Farbe getränkt sind. Theaterblut. Alles in der Szene ist mit diesem Theaterblut vollgespritzt.

Die Frau besinnt sich, steht auf. Sie geht zum Telefon. Sie wählt eine Nummer, spricht mit jemandem. Sie spricht so leise, dass der Zuschauer nicht versteht was sie sagt.

Einen Moment später klopft es an der Tür, zweimal kurz dreimal lang.

Die Frau öffnet. Ein Junge mit mädchenhaftem Gesicht steht vor der Tür. Sie gibt ihm einen Zettel.

„Mach schnell", sagt sie, „Buché weiß Bescheid."

Der Junge rennt davon.

Die Kamera zeigt den Jungen wie er durch eine Straße läuft. Eine ganze Zeit rennt er geradeaus, dann biegt er ab, nach links, rennt weiter, biegt nach rechts in eine kleinere Straße ab. Er rennt so schnell er kann, den Zettel fest in der Hand.

Bei einem Metzgerladen bleibt er stehen. Der Laden ist geschlossen. Er klopft an die Scheibe, zweimal kurz, einmal lang, dreimal kurz. Eine mürrische Frau öffnet ihm.

„Du willst zu Buché?" fragt sie.

„Ja", sagt der Junge. Er ist völlig außer Atem.

„Du bist schon der zweite heute", sagt die Frau.

Sie führt ihn hinter die Theke des Metzgerladens in einen großen Raum.

Ein alter, grobschlächtiger Mann kommt die Treppe hinauf.

„Für Lucy?" fragt er den Jungen.

„Ja", sagt der Junge.

Der grobschlächtige Mann schaut auf den Zettel, den ihm der Junge gegeben hat:

„70 Kilo Fleisch und 12 Kilo Knochen?"

Der Junge nickt.

„Wann kommt der Saubermacher?", fragt der grobschlächtige Mann.

„Um vier", sagt der Junge.

„Dann haben wir nicht mehr viel Zeit, komm mit", sagt der grobschlächtige Mann. Er geht mit dem Jungen eine Treppe hinunter. Die mächtige Tür eines Kühlraums. Dann im Inneren des Kühlraums. Schweine- und Rinderhälften hängen an Stangen.

Schnitt.

Ein Lieferwagen in einem Hinterhof. Eine kleine Mauer, Wäscheleinen und ein paar umgestoßene Mülltonnen. Der grobschlächtige Mann und der Junge steigen aus.

Sie laden einige große Pakete, gut in Plastikfolie verpackt, auf einen Handwagen, fahren ihn zu einem Lift, der an der Außenseite des Gebäudes angebracht ist.

Szene 3

Der Mann, der von der Frau im Wollkleid und der Gummischürze so streng mit dem Rohrstock gezüchtigt worden ist, sitzt im Erste-Klasse-Abteil eines Schnellzugs. Er trägt einen gut geschnittenen Maßanzug und ein feines Hemd. Der teure Schlips, mit voluminösem Knoten gebunden, sitzt perfekt. Der Mann schaut aus dem Fenster auf die vorbeifliegende Landschaft. Ein Fluss, eine Staustufe, ein Wasserkraftwerk aus dem späten 19. Jahrhundert, dann lange Zeit Felder und Bäume, dann wieder der Fluss. In das Fahrgeräusch des Zuges mischen sich die ersten Takte von Giuseppe Tartinis Teufelstrillersonate in einem Arrangement für Violine und Orchester.

Der Mann blättert in einer Zeitung. Er legt die Zeitung beiseite auf den leeren Sitz neben ihm. Die Kamera fährt auf die Zeitung. Kurz, aber doch so lange, dass man es gut lesen kann, sieht man die Überschrift: „Grausamer Mord im Bordellmilieu". Und darunter: „Der Killer der den Killer tötete entkam der Polizei nur knapp."

Die Kamera fährt etwas zurück. Man sieht jetzt die auf dem Sitz liegende Zeitung und daneben wie der Mann kurz prüfend mit der Hand über seinen Po fährt, der stramm in der teuren, gut geschnittenen Anzughose sitzt.

Der Mann nickt ein. Weiche Blende. Etwas verschwommen die Bilder, erst langsam werden sie wieder klar.

Der Mann geht in eine große Kathedrale. Eine Mischung aus Kölner-Dom und Notre-Dame. Der Mann setzt sich in eine Bank im hinteren Dritte der Kathedrale.

Eine alte Frau geht durch die Bankreihen. An einem Platz schräg hinter dem Mann bleibt sie stehen. Sie kniet sich auf die Bank und betet einen Rosenkranz. Nach einiger Zeit steht sie auf und geht. Der Rosenkranz liegt auf der Ablage für die Gebetbücher. Die Kamera fährt auf den Rosenkranz. Die Perlen sind aus schwarz glänzendem Ebenholz. Eine der Perlen ist etwas heller als die übrigen Perlen. Der Rosenkranz gleitet von der Ablagefläche für die Gebetbücher auf das ausgesessene Sitzposter neben dem Mann.

Musik: Choral: Die Rache ist mein, ich will vergelten spricht der Herr.

Der Mann greift nach dem Rosenkranz und steckt ihn in seine Tasche. Ein lautes Knacken. Der Dachstuhl der Kathedrale gerät in Brand. Flammen schlagen in das Gewölbe. Der Mann rennt aus der Kathedrale. Eine Einstellung zeigt die brennende Kathedrale von außen.

Der Mann geht zu einem Kino in der Nähe. Ihm kommt ein Mann entgegen, der wie Peter Handke aussieht. Ein kurzer irritierter Blick des Mannes in das Gesicht von Peter Handke. Peter Handke schaut auf die zwischen den Häusern aufsteigende Rauchsäule der brennenden Kathedrale. Der Mann geht weiter. Er setzt sich auf eine Bank und dreht an der etwas helleren Perle des Rosenkranzes. Das große Kreuz des Rosenkranzes springt hinten auf, darin ein kleiner Schlüssel mit einem kompliziert gefrästen Bart. Der Mann nimmt den Schlüssel an sich. Er geht in die nächste Metrostation.

Einstellung in der Metro. Neben dem Mann sitzt ein gutmütiger, arabisch aussehender Mann, der eine Gebetsschnur in der Hand hat. Der Mann gibt dem Araber den Rosenkranz. Der Araber schaut verdutzt. Der Mann lächelt. Der Araber lächelt zurück. Der Mann steht auf und steigt aus.

Die Kamera zeigt wie die Perlen der Gebetsschnur und die Perlen des Rosenkranzes nebeneinander durch die Finger des arabisch aussehenden Mannes gleiten.

Abblenden.

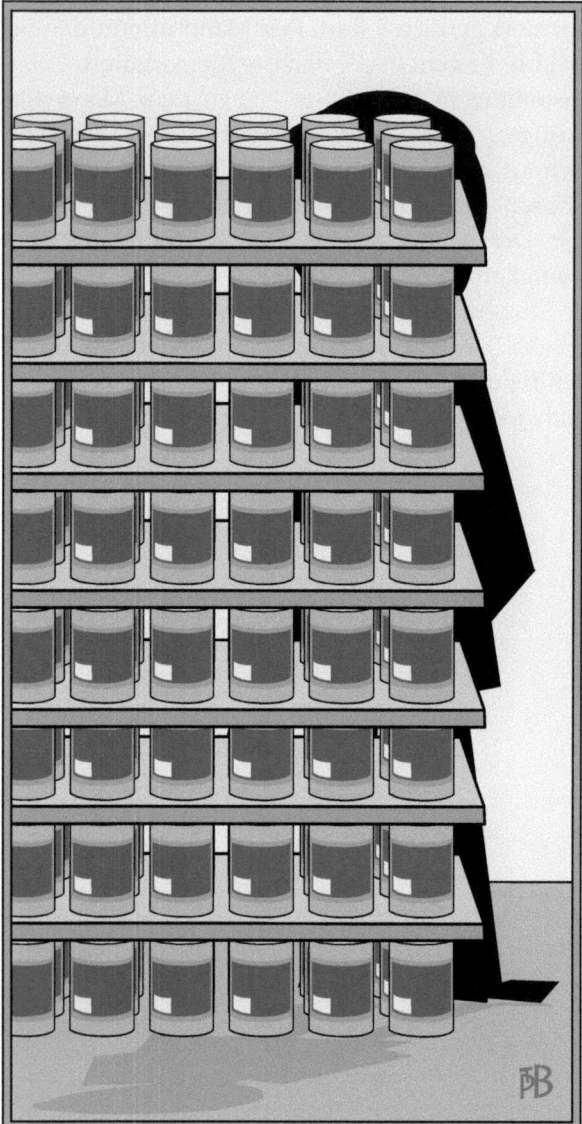

Szene 4

In einem Supermarkt. In einem Gang, rechts und links Regale, steht ein Mann. Er sucht nach etwas. Vom benachbarten Gang hört man die Stimme einer Frau:

„Brauchst du etwas auf deinen Popo?"

Der Mann wird rot. Er schaut durch das Regal in den benachbarten Gang. Er sieht eine Frau, die mit einem Kind schimpft.

„Du darfst mir nicht den Popo hauen, du bist nicht meine Mama", sagt das Kind.

„Solange du bei mir bist, bekommst du von mir den Po gehauen, wenn du nicht gehorchst", sagt die Frau.

„Ich gehorche nicht", sagt das Kind.

„Denk an deinen Popo", sagt die Frau.

Die Kamera zeigt den Mann, wie er, mit hoch rotem Kopf durch das Regal blickend, die Szene beobachtet.

Abblenden.

Szene 5

Innenministerium. Ein Beamter der Nationalpolizei sitzt gelangweilt vor seinem Schreibtisch. Er spielt mit Büroklammern aus denen er lange Ketten macht, die er einer Heiligenfigur um den Hals hängt. Die Figur steht neben einer Topfpflanze auf seinem Schreibtisch.

„Na", hört man die Stimme eines Kommissars, der den Raum betritt, den man aber noch nicht im Bild sieht, „wie geht es denn dem Heiligen Antonius?"

„Patron der Räuber und Diebe", sagt der Beamte, der der Figur die gerade fertiggestellte Kette aus aneinandergesteckten Büroklammern umhängt.

Er schlägt einen Aktendeckel auf und dann wieder zu.

„Wir haben nichts", sagt er.

Jetzt sieht man auch den Kommissar. Er hat sich, dem Beamten gegenüber, an den anderen Schreibtisch gesetzt.

„Nichts?", fragt er, „wir haben doch drei Morde."

„Ja, aber die zwei aus der letzten Woche, die sind doch praktisch aufgeklärt."

„Ja, praktisch. Bloß dumm, dass Raphaël in der Zelle saß, gestern. Er war es nicht und das macht die Sache ziemlich kompliziert, für uns. Entweder ist es ein Trittbrettfahrer, oder wir liegen völlig falsch."

„Wahrscheinlich liegen wir völlig falsch", sagt der Beamte mit emotionslos trockenem Zynismus, „das wäre ja nichts Neues."

Abblenden.

Szene 6

In einer Boulangerie, schummerig. Im hinteren Bereich des Raumes sitzen zwei Männer. Sie unterhalten sich.

„Willst du wirklich alle umbringen?"

„Ja."

„Und du meinst du schaffst das. Die werden sich doch nicht einfach von dir abknallen lassen, einer nach dem anderen."

„Mein Vorteil ist, dass ich tot bin, selbst für die Polizei. Es gibt mich nicht mehr."

Eine kurze Pause.

„Und auch Lucy?"

„Ja, vor allem Lucy."

„Du hasst sie sehr."

„Ja."

„Kannst du nicht verstehen, dass sie ein Problem mit deiner Neigung hat?"

„Nein. Sie lässt sich die Peitsche geben. Wo ist da der Unterschied?"

„Sie ist eine Frau."

„Ja, und ich bin ein Mann."

„Und jetzt tötest du?"

„Ja."

„Alle?"
„Ja, Alle."
Abblenden.

Szene 1

Vor einem Einfamilienhaus. Ein Reihenhaus im Nirgendwo eines einer Großstadt vorgelagerten Viertels. Gepflegter Garten, ein paar kleine Büsche, etwas Rasen. Die Tür geht auf. Man sieht eine Frau, ein Kind und einen Mann. Die Frau trägt einen schlicht eleganten Mantel, das Kind eine leichte Sommerjacke mit einem dezenten Blumenmuster. Der Mann trägt ein fein gestreiftes Oberhemd und eine gepflegte Jeans. Frau und Kind verabschieden sich vom Mann.

Schnitt.

Die Kamera zeigt den Blick aus der geöffneten Haustür auf Frau und Kind, die zur Straße gehen. Sie winken. Dann der Blick auf den in der Tür stehenden Mann. Auch er winkt. Die Tür wird geschlossen.

Schnitt.

Die Kamera zeigt den Mann, der im Flur vor der geschlossenen Tür steht. Er packt sich mit der Hand in den Schritt und reibt sich kurz. Er öffnet den Gürtel – eine große Schnalle –, dann die Hose, lässt sie nach unten gleiten, zieht die Unterhose herunter, reibt sein Glied und gibt sich einen Klaps mit der flachen Hand auf den blanken Po. Er stöhnt.

Schnitt.

Ein Raum im Keller des Hauses. Der Mann steht vor einem alten, weiß und grün lackierten Schrank mit Glastüren. Im Schrank sind Bücher. Er öffnet eine der Türen, greift hinter die Bücher und holt einen flachen hölzernen Schläger eines Ballspiels heraus. Er zieht Hose und Unterhose herunter und gibt sich mit dem Schläger leichte Klapse auf den Po. Er achtet darauf, dass er beide Pobacken gleichmäßig mit Schlägen bedeckt. Die Kamera fährt näher an den Po heran. Man sieht die Rötungen. Der Mann schlägt jetzt schneller und fester. Er stöhnt.

Er geht zu einer Matratze, die neben der Tür auf dem Boden des Raumes liegt. Die Matratze ist bezogen, auf ihr liegen eine ebenfalls bezogene Bettdecke und ein Kopfkissen. Ein ordentlich gemachtes Bett, nur das Bettgestell fehlt. Der Mann schiebt die Bettdecke beiseite. Aus der Ritze zwischen Matratze und Wand zieht er ein zerknittertes Handtuch hervor. Er legt das Handtuch auf die Matratze, streicht es glatt und legt sich dann, den Po nach oben, auf das Tuch. Wieder schlägt er sich mit dem hölzernen Schläger auf die Pobacken. Die Schläge sind bereits recht heftig.

Die Kamera zeigt die stark gerötete Haut. Die Spuren des Schlägers sind gut sichtbar: eindrucksvolle Marken, ein glühend roter Po. Der Mann reibt sein Glied. Er zieht sich die Decke über den Kopf, reibt sich weiter. Dann kommt es ihm. Die Kamera zeigt die Bettdeckte unter der die Bewegungen des sich selbst erregenden Mannes immer langsamer werden.

Abblenden.

Szene 8

Eine große Halle, ein Bahnhof. Menschenmassen gehen durch die Halle. Sie gehen zügig aber nicht eilig. Keiner sagt ein Wort. Man hört das Geräusch der gehenden Menschen, die Schritte der Gummisohlen auf dem Steinfußboden, das Rascheln von Mänteln und Kleidungsstücken. Sonst hört man nichts. Es klingt, als sei alles von einer weichen Schicht dämpfenden Staubs bedeckt, der den Schall schluckt.

Schnitt.

Auf dem Bahnsteig. Auch hier Menschenmassen. Es ist dunkel, früher Morgen oder Abend. Lampen spenden nur wenig Licht. Niemand sagt ein Wort. Alle schauen stumm vor sich hin. Ein Kind bewegt sich etwas schneller als die Erwachsenen, aber auch das Kind sagt nichts. Das Geräusch des einfahrenden Zuges. Alles in sachlich schlicht modernem Grau, matt, nichts glänzt. Ein stumpf matt ermüdetes Metropolis.

Schnitt.

Dieselbe Szene wie am Anfang. Nur ein anderer Bahnhof. In den Menschenmassen sieht man den Mann, der in der schummrigen Boulangerie gesessen hat. Er schiebt einen kleinen Kofferkuli vor sich her in Richtung Ausgang, darauf zwei Koffer und ein länglich schmales Gepäck-stück. Eine kurze Fahrt der Kamera auf sein Gesicht. Der Ausdruck emotionslos.

Abblenden.

Szene 9

In der französischen Provinz. Die Kamera zeigt eine kleine Straße in einem kleinen Dorf. Irgendwo blüht eine Kastanie. Es ist Abend, schon recht dunkel. Ein paar Laternen gehen an.

Aus einem der Häuser kommt ein Mann. Er trägt eine leuchtend orange Regenjacke. Er steigt auf ein Fahrrad und fährt über die Straße. Das Licht des Fahrrads ist sehr hell. Eine Frau und ein Mädchen kommen ihm entgegen. Sie werden von dem Licht seiner Lampe geblendet. Das Mädchen hält sich schützend die Hände vor die Augen.

„Guten Abend", grüßt der Mann freundlich.

Die Frau und das Kind schauen irritiert. Offensichtlich kennen sie den Mann nicht.

Schnitt.

Es ist früher Nachmittag. Im Haus neben dem Haus, aus dem der Mann am Tag zuvor gekommen ist. Die Frau, die mit dem Kind dort wohnt, steht in der Küche und rührt in einer Schüssel. Sie rührt mit viel Kraft. Ihre Bewegungen zeigen, dass sie sich gerade sehr aufgeregt hat. Ihr ganzer Ärger geht in die rührende Bewegung des Löffels in der Schüssel. In ihrem Gesicht sieht man Wut und den Versuch sich jetzt wieder zu beruhigen.

Sie geht auf die Terrasse. Dort sitzt der Mann.

„Wenn das meine Tochter wäre, dann bekäme die ab und zu einen guten Po voll", sagt der Mann.

Die Frau sagt nichts. Sie schaut den Mann nur kurz an. In ihrem Blick eine Mischung aus Sehnsucht und sehr viel Verlangen, durchzogen von einer Spur Erschrecken, das sich noch nicht einordnen lässt.

Schnitt.

In der Küche. Der Mann steht hinter der Frau. Sie belegt einen Kuchen. Der Mann packt ihr auf den Po, massiert ihn.

„Nimm mich", sagt die Frau leise, „ich habe Alice in die Dachkammer gesperrt."

Der Mann schiebt der Frau den Rock hoch. Sie trägt keinen Schlüpfer. Der Mann öffnet seine Hose, gibt der Frau ein paarmal mit der Hand einen Klaps auf die dargebotenen Pobacken. Sein Glied wird steif. Er dringt in sie ein. Die Kamera entfernt sich langsam von dem Geschehen.

Schnitt.

In der oberen Etage des Reihenhauses, im Schlafzimmer. Der Mann und die Frau liegen auf dem zerwühlten Doppelbett. Beide sind nackt. Man sieht ihnen die Erregung, die sie gerade gehabt haben, noch sehr gut an.

„Dann mach es", sagt die Frau, „von ihrem Vater hat sie es ja nie bekommen."

„Gut", sagt der Mann. Er steht auf und zieht sich die Hose an.

„Und nimm die Peitsche mit", sagt die Frau, „sie soll es streng bekommen."

Die Kamera fährt auf die Frau, die jetzt auf dem Bauch liegt. Man sieht ihren glühend roten Po und in der

Unschärfe den Mann, der, mit der Peitsche in der Hand, aus dem Zimmer geht.

Schnitt.

Im Zimmer des Mädchens. Der Mann steht neben der geschlossenen Tür und schlägt einen großen Nagel in die Wand. Er hängt die Peitsche an den Nagel.

Der Mann geht zum Tisch, nimmt den Hocker, der da steht, stellt ihn in die Mitte des Raumes und setzt sich auf den Hocker.

„Komm her", sagt er zu dem Mädchen, das mit ängstlichem Gesicht auf der Kante seines Bettes sitzt.

Der Mann legt das Mädchen über seine Knie. Er schiebt ihr das blaue Kleid mit den kleinen weißen Punkten hoch, streicht über den mit einem feinen Blumenmuster bedruckten Schlüpfer und zieht ihn dann herunter.

„Nicht auf den nackten", sagt das Mädchen, „bitte."

„Du sollst es streng bekommen. Deine Mutter will, dass du es streng bekommst", sagt der Mann.

Er hebt seine Hand. Der erste Klaps landet auf dem Po des Mädchens. Er ist noch nicht sehr stark, fast zögerlich. Doch es dauert nicht lange, bis die Schläge fester und fester werden. Der Mann findet schnell seinen Rhythmus. Schon bald holt er kräftig aus. Er versohlt den Po des Mädchens gründlich. Eine ganze Weile sieht man nur diese Szene. Immer wieder klatsch die Hand des Mannes auf den nackten Po des Mädchens. Der Po des Mädchens wird glühend rot.

Der Mann lässt das Mädchen aufstehen.

„Zieh das Kleid aus", sagt er.

Das Mädchen gehorcht. Der Mann schaut zur Tür.

„Bring mir die Peitsche", sagt er mit trockener Stimme, emotionslos.

Das Mädchen geht zur Tür. Die Kamera zeigt den Blick des Mädchens auf die dunkelbraune Lederpeitsche, die an dem Nagel hängt, den der Mann da eingeschlagen hat. Das Mädchen nimmt die Peitsche und reicht sie dem Mann. Sie zittert.

Der Mann weist das Mädchen an, sich vor das Bett zu knien. Sie gehorcht stumm. Der Mann lässt die Peitsche durch die Luft sausen. Dann trifft der erste Schlag den mit der flachen Hand bereits glühend rot versohlten Po des Mädchens. Schlag um Schlag lässt der Mann die Riemen der Peitsche auf den dargebotenen Po sausen. Die langen schmalen Riemen sind kaum breiter als der kleine Finger seiner Hand. Die Riemen hinterlassen scharfe Striemen.

Po und Schenkel des Mädchens sind über und über mit scharf geschwollenen Striemen überdeckt. Der Mann hängt die Peitsche wieder an den Nagel neben der Tür. Er geht aus dem Raum. Die Kamera zeigt wie die Tür zufällt. Man hört das unterdrückte Wimmern des Mädchens.

Sehr langsames Abblenden.

Szene 10

In einem Garten, groß und etwas verwildert. Ein Bauerngarten, so wie man ihn sich in einem kleinen Dorf auf dem Land, irgendwo in der französischen Provinz, vorstellt. Eine abendliche Party. In den Ästen der Bäume hängen Lampions. Unter den Bäumen stehen Tischen an denen sich bereits Gäste niedergelassen haben. Die Kamera fährt auf zwei Frauen zu, die beieinander sitzen. Eine ältere Frau und die Frau, die von dem Mann in der Küche genommen worden ist.

„Wie lange seid ihr schon hier?" fragt die ältere Frau.

„Ach, ich glaube es sind schon über zwei Jahre."

„Ihr habt euch wirklich gut eingelebt."

„Ja, es ist sehr schön hier. Wir fühlen uns wirklich wohl."

„Und mit ihm klappt es jetzt auch gut?"

„Ja. Ich kann es immer noch nicht richtig glauben."

„Monique meinte, du gibst ihm die Peitsche."

„Ja, er hat es als Kind nie bekommen. Es erregt ihn."

„Und für dich ist das okay?"

„Ja, ich brauche es selbst ja auch, so ab und zu."

Die ältere Frau zieht ganz kurz die Augenbraue hoch.

„Und mit Alice? Kommt er auch mit ihr klar?", fragt sie dann.

„Ja, jetzt ja."

Die Frau macht eine kleine Pause.

„Am Anfang klappte es mit den Beiden ja gar nicht so gut, aber jetzt akzeptiert sie ihn als Vater. Sie hat ja nie wirklich einen gehabt."

Eine andere Einstellung. Immer noch die Gartenparty, aber weiter entfernt. Man sieht das Haus, ein prächtiges Landhaus, davor Teile einer Mauer. Der Ton ist schon beim nächsten Gespräch einer anderen Gruppe von Gästen.

„Ich finde es wunderbar hier", hört man eine Frauenstimme.

„Man kann hier auch als Stadtmensch leben", sagt eine andere Frau. Sie lacht. Ihre Stimme hat eine für die Region charakteristische Färbung.

„Sie kommen ja beide aus der Stadt", sagt ein Mann.

„Aber sie ist auf dem Land aufgewachsen, er nicht, glaube ich", sagt die Frau, die man zuerst gehört hat.

Überblenden in das nächste Bild. Jetzt sieht man die Gruppe der Gäste, die man zuvor nur gehört hat.

„Normalerweise finden sich Stadtmenschen ja nicht so schnell zurecht, in der Provinz", sagt die Frau mit der für die Region charakteristischen Färbung in der Stimme.

„Ich finde ihn nach wie vor komisch", sagt die andere Frau.

„Aber er macht so viel."

„Ja, ja, im Garten und auch mit dem Kind. Ein richtiger Mustermann", sagt die Frau, die eben gesagt hat, dass sie den Mann nach wie vor komisch findet.

„Ich glaube die Kleine bekommt jetzt auch kein Ritalin mehr", sagt die Frau, der die in der Szene zuerst gehörte Stimme zuzuordnen ist.

„Wie, die Kleine hat Ritalin bekommen? Das Zeug ist doch Gift für so ein armes Kindergehirn", sagt ein Mann mit sanfter Stimme.

Das Gespräch läuft weiter. Die Kamera fährt etwas zurück. Neben den am Gespräch Beteiligten sitzt eine sehr junge Frau, die nichts sagt. Sie ist sehr zart. Ihr dünnes Sommerkleid umspielt einen fast noch mädchenhaften Körper. Das fein geschnittene Gesicht macht einen abwesenden Eindruck. Sie hört aber sehr wohl zu.

„Mir ist er trotzdem nicht geheuer, dieser Mann", sagt eine ältere Frau, die bisher noch nichts gesagt hat, „egal wie sanft er tut. In seinem Blick ist etwas Dunkles."

„Ach, das ist doch nur weil er nicht von hier ist. Du hast gegen jeden Fremden Vorurteile", entgegnet die Frau mit der regional geprägten Stimmlage.

„Vielleicht", sagt die Frau, aber ihr Gesichtsausdruck sagt, dass sie das nicht glaubt.

Eine verlegene Stille entsteht. Alle nippen an ihren Gläsern. Die junge Frau mit dem abwesenden Gesichtsausdruck schaut zu der Frau, die gesagt hat, dass der Mann ihr nicht geheuer ist.

„Du weißt doch, was er mit dem Kind macht", sagt die ältere Frau.

„Das sagt man doch nur", sagt einer der Gäste ziemlich heftig, „und du gibst deiner Tochter doch auch ab und zu einen ordentlichen Po voll."

„Das ist etwas anderes. Sie ist meine Tochter", entgegnet die Angesprochene, „er ist nicht ihr Vater."

Die Kamera fährt näher auf das Gesicht der jungen Frau, die sich die ganze Zeit nicht am Gespräch beteiligt hat. Auf dem fein gezeichneten Gesicht breitet sich Schamröte aus.

Abblenden.

Szene 11

Im Inneren eines Autos. Die Gäste der Gartenparty fahren nach Hause. Einer der älteren Männer sitzt am Steuer. Auf dem Beifahrersitz neben ihm sitzt die junge Frau mit dem zarten Gesicht, die sich im Garten nicht am Gespräch beteiligt hat. Auf der Rückbank eine ältere und zwei jüngere Frauen.

Eine der Frauen auf der Rückbank: „Der ist doch unmöglich. Man kann doch heute als Person des öffentlichen Lebens nicht mehr sagen, dass es richtig ist, einem Kind den Po zu verhauen und dann auch noch mit diesem Nachsatz ‚wenn man es würdevoll macht', das ist doch unmöglich."

„Er hat doch recht, der Papst", sagt der Mann, der am Steuer sitzt, „uns hat das doch auch nicht geschadet", er holt Luft, „wenn man sie nicht gleich windelweich durchprügelt kann das …"

„Natürlich hat das geschadet", unterbricht ihn eine der beiden etwas jüngeren Frauen, die auf der Rückbank sitzen. In ihrer Stimme klingt Scham.

„Ach, das ist doch Quatsch", sagt der Fahrer, „eine ordentliche Tracht Prügel hat noch niemandem geschadet. Ganz im Gegenteil. Wenn man es richtig macht, dann kann das eine sehr gute pädagogische Wirkung haben. Man darf das natürlich nicht zu oft machen. Aber die meisten Kinder brauchen das so ab und zu mal."

„Bei uns jedenfalls bleibt die Klopfpeitsche an der Garderobe hängen", sagt die ältere Frau von der Rückbank und lacht.

„Das ist doch unmöglich. Wir sind doch nicht mehr im Mittelalter", sagt die junge Frau die neben ihr sitzt. Sie klingt empört, aber die Scham, die in ihrer Stimme liegt, nimmt der Empörung die Kraft.

Die Kamera fährt auf das Gesicht der jungen Frau, die auf dem Beifahrersitz sitz. In ihrem Gesicht glühende Schamröte, die sie vergeblich zu unterdrücken sucht.

Abblenden.

Szene 12

Eine Einstellung im großen Wohnzimmer des Landhauses. Weitwinkel. Die Kamera ist entfernt. Man sieht den ganzen großen Raum. Am Ende des Raumes, vor dem großen Fenster, das zur Terrasse hin geht, sieht man zwei Personen im Gespräch. Man hört die Stimmen, versteht aber noch nicht was sie sagen. Die Musik, die über die Stimmen gelegt ist, wird langsam leiser. Die Kamera nähert sich den beiden Personen. Man sieht sie von hinten. Es ist der Mann und eine junge Frau, eine der Gäste der Gartenparty. Es ist die junge Frau, die errötete, als auf der Gartenparty kritisch über den Mann und seine Beziehung zu der Frau und dem Mädchen gesprochen wurde und der die Schamröte ins Gesicht schoss, als auf der Rückfahrt im Auto das Poverhauen Gesprächsthema war.

Schnitt.

Die Kamera zeigt den Blick, den die beiden am Fenster stehenden Personen durch das große Fenster in den Garten haben.

„Und Sie geben ihr die Peitsche", sagt die junge Frau, in einem Satz, der halb Frage und halb Feststellung ist.

„Ja", sagt der Mann. Er sagt es trocken und ohne Emotionen, sachlich, so als sprächen sie über das Wetter und er bestätige, dass er denke, es werde morgen regnen.

„Und wo bewahren Sie die Peitsche auf?", fragt die junge Frau.

„Sie hängt in der Besenkammer, an einem Harken", sagt der Mann immer noch sachlich, fast gelangweilt und in starkem Kontrast zur zunehmend sichtbar werdenden inneren Erregtheit der jungen Frau.

„Eine Zeit lang hing sie auch in ihrem Zimmer, neben der Tür", sagt der Mann dann nach einer kleinen Pause, „aber jetzt hängt sie in der Besenkammer, die Peitsche."

„Darf ich sie einmal sehen?", fragt die junge Frau.

„Ja", sagt der Mann, „wenn Sie wollen."

Schnitt.

Eine kurze Einstellung direkt auf das Gesicht des Mannes. Der Blick des Mannes ist ruhig. Nur ab und zu läuft ein kaum wahrnehmbares Zucken durch die Ränder seiner vom vielen nächtlichen Lesen geröteten Augenlider. Die Kraft, mit der er versucht die innere Anspannung zu unterdrücken, lässt in seinem Blick für einen Moment etwas drohend Manisches aufflackern. Die Kamera fährt zurück. Das Gesicht nimmt jetzt nur noch gut ein Drittel des Bildes ein. Im Hintergrund sieht man, in der weichen Schönheit des Bokehs eines lichtstarken Objektives, die Tür des Zimmers und eine Treppe.

Die nächste Einstellung zeigt, wie der Mann und die junge Frau die Treppe hinauf in die erste Etage gehen. Dort gehen sie durch einen langen Gang und dann in die Kammer, die am Ende des Ganges ist. Sie gehen ohne zu sprechen. Eine stumme Szene. Nur das vom weichen

Teppich gedämpfte Geräusch der Schritte und, kaum wahrnehmbar, das Atmen der jungen Frau sind zu hören.

In der Kammer: Die junge Frau schaut auf die Peitsche, eine dünne Lederpeitsche, einige schmale Riemen und ein längerer Griff, mit Leder umflochten. Die Peitsche hängt in der Ecke neben einem schmalen Schrank an einem Harken aus Messing.

„Und damit züchtigen Sie sie?", fragt die Frau.

„Ja", sagt der Mann. Es ist ein kurzes, sachliches: „Ja" begleitet von einem kaum wahrnehmbaren Nicken.

„Darf ich sie einmal anfassen?", fragt die Frau.

„Wenn Sie wollen", sagt der Mann.

Die so unnatürlich ruhige Stimme des Mannes steht in einem seltsamen, spannungsgeladenen Gegensatz zu der zitternden, nur mühsam noch unterdrückten Erregtheit der jungen Frau. Der Mann legt seine Worte trocken in das kleine Volumen Luft, das in der engen Kammer um die beiden Personen herum noch ist.

Die junge Frau schiebt ihr Kleid hoch, langsam. Sie kniet sich vor den alten Gartenstuhl, der da in der Ecke der Kammer steht.

„Bitte", sagt die junge Frau.

„Sie wollen es wirklich?", fragt der Mann.

„Ja", sagt die junge Frau.

Der Mann gibt der Frau die Peitsche. Auf seinem bisher so völlig emotionslosen Gesicht zeigt sich eine Mischung aus Erregung und Unwohlsein. Das Gefühl von Macht und Lust wird durchzogen von der Furcht vor Entdeckung seiner Neigung vor der er sich fürchtet.

Abblenden.

Szene 13

In der Halle einer großen Fabrik. Die Halle ist alt, vieles ist zerfallen. In großen Wannen werden im Tauchverfahren Gummikleidungsstücke hergestellt. In einem durch verschmutzte Glasscheiben abgetrennten Bereich sitzen einige Näherinnen an alten Industrienähmaschinen und nähen Gummiwäsche. Die Kamera fährt näher an eine Näherin heran. Man sieht eine Frau, die gerade das Band an eine gelblichtransparente Gummischürze näht.

Vor der Fabrik. An der Bushaltestelle stehen zwei Frauen, offensichtlich Arbeiterinnen aus der Fabrik. Sie warten auf den Bus, der sie nach Hause bringt. Sie scherzen miteinander.

Ein Motorrad rast auf die Haltestelle zu. Auf dem Motorrad zwei vermummte Gestalten. Die hintere Gestalt trägt ein Lara Croft Kostüm. Sie feuert mit einer automatischen Waffe auf die beiden Frauen. Die Frauen brechen blutüberströmt zusammen. Die Kamera bleibt eine ganze Zeit auf diesem Bild. Eine unerträgliche Stille. Nichts passiert. Nur die leblosen Körper und das Blut, das aus den von den Kugeln gerissenen Wunden rinnt. Dann hört man Martinshörner.

Abblenden.

Szene 14

In einer frühabendlichen Stimmung zeigt die Kamera weit und mit erstaunlicher Tiefe den sehr großzügigen Garten einer äußerst repräsentativen Villa. Das beeindruckende Bild der akkurat fein gewichtet ausgemessenen Totale, lässt alles in wohlproportionierter Größe, sauber und gepflegt, erscheinen.

Zu dem Bild hört man Stimmen und Geräusche. Die Akustik eines Innenraums. Unbestimmt. Nach einiger Zeit dann, irgendwann, plötzlich sehr deutlich, das Klatschen einer Hand auf glatter Haut. Unmittelbar darauf folgend, ein unterdrückt geschrienes „Au".

„Du brauchst das", sagt eine Stimme, von der sich nicht sicher sagen lässt, ob sie die Stimme eines Mannes oder die einer Frau ist. Sie hat viel männliches, denkt man beim ersten Hören, doch dann kommt einem der Gedanke, dass es auch die etwas tiefere Stimme einer Frau sein könnte, ein rauer Alt. Ja, wahrscheinlich ist es ein rauer Alt.

Wieder das Klatschen. Diesmal heftiger und auch das „Au" ist lauter.

„Sei still", sagt die Stimme, „du bekommst nur was du verdient hast" und, nach einer Pause, in der man Atmen

hört und etwas, das wie ein unterdrücktes Schluchzen klingt: „Du willst das doch so." Es ist wieder die Stimme von der man noch immer nicht sicher sagen kann, ob sie die eines Mannes oder die einer Frau ist. Die Stimme hat einen leicht zynischen Unterton und trotzdem eine gewisse Wärme. Irritierend.

Die Kamera zeigt weiter immer noch dieselbe Einstellung. Im Bild passiert nichts. Man sieht nur den Garten. Es ist der Blick durch eine große Panoramascheibe. Das merkt man erst jetzt. Es ist etwas dunkler geworden im Park, nur ein klein wenig aber doch so viel, dass man einige Reflexionen des Lichts des Innenraums auf der Scheibe sieht.

Wieder hört man das Klatschen: Ohrfeigen, eine ganze Reihe von Ohrfeigen. Dann das Geräusch von festem Leder, das auf nackte Haut trifft. Jedes Mal Schreie, von einem Knebel unterdrückt. Dazu das Quietschen von Stuhlbeinen, die über einen Marmorboden geschoben werden. Viele Schläge und viele knebelunterdrückte Schreie.

Irgendwann, nach viel zu lang erscheinender Zeit, hört man nichts mehr, nur noch ein langsamer werdendes Atmen, das Klirren von Schnallen, die gelöst werden und auf den Boden fallen.

Der Ton wird ausgeblendet, danach geht auch das Bild ins Schwarz. Stille.

Dann Tassenklappern, Geschirr. Einblenden des nächsten Bildes. Die Kamera schaut durch die Scheibe in den Garten. Wieder die Einstellung von vorher, aber es ist Morgen. Sonnenlicht liegt auf dem Rasen und umspielt die Blätter der gut gepflegten Bäume.

Schnitt.

Jetzt sieht man den ganzen Raum. Das Fenster, durch das die Kamera die ganze Zeit geblickt hat ist nun nur noch ein Teil des Bildes. Vor dem Fenster ein Frühstücktisch, mit weißem Damast gedeckt, gutes Porzellan, ein silberner Kerzenständer mit drei Kerzen. Ein Mann und eine Frau sitzen am Tisch. Sie sitzen sich gegenüber und frühstücken. Eine junge Frau mit steif gestärkter Schürze schüttet der Frau gerade etwas Kaffee nach.

„Danke Mathilde", sagt die Frau.

Die Kamera zeigt das Gesicht der Frau. Sie ist mittleren Alters, wirkt erschöpft. Eine seltsame Blässe liegt auf ihrer Haut. Ihre Züge zeigen Enttäuschung.

„Sie sollten sich nicht so stark schminken", sagt die Frau zu der Bediensteten, „das steht Ihnen nicht. Ich habe Ihnen das doch schon mal gesagt."

Die Bedienstete schaut beschämt auf den Boden. Ihre Wangen sind so stark mit Schminke abgedeckt, dass man nur an den Ohren sieht, dass ihr Schamröte ins Gesicht schießt.

Auf dem Boden, vor dem großen Fenster, liegt eine Lederfessel. Die Bedienstete sieht sie. Sie wirft einen Blick zum frühstückenden Mann. Der blickt kurz auf. Die Bedienstete geht um den Tisch herum zum Fenster. Der Mann lässt ein Brötchen vom Tisch fallen.

„Oh", sagt der Mann und bückt sich.

Als die Frau irritiert zum Mann schaut, der langsam das Brötchen aufhebt, schubst die Bedienstete mit einem kurzen Fußtritt die Fessel unter die neben dem Fenster stehende Kommode.

Abblenden.

Szene 15

Im Zimmer des Mädchens das der Mann gezüchtigt hat. Es ist Nacht. Das Mädchen liegt im Bett und schläft. Es liegt auf dem Rücken. Sein Kopf bewegt sich auf dem Kopfkissen unruhig hin und her. Immer wieder dreht das Mädchen den Kopf schnell von links nach rechts, von rechts nach links, ohne Pause, ununterbrochen.

Schnitt.

Die Kamera zeigt links, im vorderen Drittel des Bildes, das Bett, in dem das Mädchen den Kopf hin und her dreht. Im übrigen Teil des Bildes sieht man die Tür und den Nagel, an dem jetzt statt der Peitsche ein Gebinde aus einigen wilden Lilien und schmalen Gräsern hängt. In dem Gebinde glitzert etwas silbrig.

Das schlafende Mädchen hält den Kopf plötzlich still. Die Augen gehen auf. Es blickt starr nach oben, dann steht es auf. Seine Bewegungen sind steif und mechanisch. Es geht zur Tür, greift in das Gebinde. Die Kamera fährt nah heran. Zwischen den wilden Lilien und Gräsern hängt, an einem kleinen, feingliedrigen Kettchen, ein kleiner Schlüssel mit einem kompliziert gefrästen Bart.

Das Mädchen hängt sich das Kettchen mit dem Schlüssel um. Sie öffnet die Tür des Zimmers und geht den Flur entlang. Durch ein großes Fenster fällt Mondlicht auf den Teppich der im Flur liegt. Das Mädchen geht in das Arbeitszimmer am Ende des Flurs.

Im Arbeitszimmer. Auch hier erhellt der durch die hohen Fenster fallende Mond die Szene nur spärlich. Das Mädchen öffnet eine Schublade des in der Mitte des Raumes stehenden Schreibtisches. Sie entnimmt der Schublade eine kleine, verschlossene Metallkassette eines Bankschließfachs und legt sie vor sich auf die Schreibunterlage. Sie nimmt den Schlüssel von dem Kettchen und öffnet damit das Schloss der Kassette. Die Kamera zeigt den Inhalt der Kassette: Einige sorgfältig gefaltete Papiere. Ganz oben liegt ein ausgeschnittener Zeitungsartikel mit einer Karte Frankreichs. Einige Städte sind mit Kreisen markiert. Das Mädchen nimmt den Zeitungsartikel aus der Kassette und fährt mit dem Finger die Linien entlang, die die markierten Städte verbinden. Die Kamera zeigt den Finger des Mädchens in genau derselben Einstellung wie im Vorspann den Finger der schwarzen Frau, der die seltsamen Zeichen auf dem Sockel des Altares entlangfuhr.

Unter dem Zeitungsartikel liegt eine Liste mit Namen, Adressen und jeweils einem Datum. Die Liste ist mit einer geschwungenen Handschrift und einem feinen Stift geschrieben. Hinter den beiden letzten Einträgen fehlt das Datum. Die Kamera zeigt, wie das Mädchen mit einem seltsam starren Blick auf die beiden letzten Einträge schaut. Dann legt das Mädchen Zeitungsartikel und Liste wieder in die Kassette, verschließt sie und legt die verschlossene Kassette zurück in die Schublade.

Abblenden.

Szene 16

In einer örtlichen Gendarmerie, irgendwo auf dem Land. Der Beamte, der im Innenministerium mit den Büroklammern gespielt hat und dem heiligen Antonius eine aus den Klammern gebastelte Kette um den Hals gehängt hat, spricht mit einem der Gendarmen.

„Ganz ehrlich, wir wissen nichts. Ich dürfte das gar nicht sagen. Aber alles was wir haben sind Vermutungen und die sind alle falsch", sagt der Beamte. Er schaut aus dem Fenster in den Innenhof der Gendarmerie. Dort stehen einige Polizeifahrzeuge.

„Und die Karte?", fragt der Gendarm.

„Die gestern in der Zeitung war aktueller als die, die wir haben", sagt der Beamte.

„Aber da ist doch ein Muster erkennbar", wirft der Gendarm ein.

„Quatsch", sagt der Beamte.

„Aber jeden Tag ein Mord. Immer der gleiche Ablauf und immer an einem Ort den man innerhalb eines Tags mit dem Zug erreichen kann", sagt der Gendarm.

„Und was heißt das?", fragt der Beamte. Er macht eine Pause und wartet auf die Antwort des Gendarmen, aber der sagt nichts.

Der Gendarm weicht dem fordernden Blick des Beamten aus. Er geht zum Fenster und schaut hinaus. Der Beamte stellt sich neben ihn.

„Nichts heißt das", sagt der Beamte, „man kann in Frankreich praktisch jeden Ort innerhalb eines Tages erreichen, mit dem Zug, ganz anonym. Das muss gar nichts miteinander zu tun haben. Und Bordelle, in denen irgendwelche Sado-Masospiele angeboten werden, gibt es auch in jeder größeren Stadt, wenn Sie das mit Muster oder Motiv meinen."

„Dann sind wir wohl eine größere Stadt", sagt der Gendarm.

Der Beamte grinst, greift in seine Hosentasche und zieht eine Kette heraus, die aus aneinander gesteckten Büroklammern besteht. Er hält sie dem Gendarmen vor das Gesicht.

„Das ist das was wir haben", sagt er und wirft die Kette auf den Schreibtisch des Gendarmen.

Abblenden.

Szene 17

Wieder im Zimmer des Mädchens, das der Mann gezüchtigt hat. Es ist Nacht. Durch die nur halb zugezogenen Gardinen fällt das Licht des Mondes in das Zimmer. Die Kamera zeigt das Mädchen, das völlig regungslos im Bett liegt. Sie ist leichenblass. Ihre Augen sind geöffnet, der Blick starr. Die Kamera fährt näher an das Gesicht. Die Augäpfel sind verdreht, nur das Weiß ist sichtbar. Durch den halb geöffneten Mund geht ein flacher, kaum wahrnehmbarer Atem. Schweißperlen kommen aus den Poren der kalkweißen Haut.

Die Kamera fährt etwas zurück, zeigt aber weiterhin das starr daliegende Mädchen. Man hört wie unten die Haustür leise ins Schloss fällt und ein Fahrrad über die Straße geschoben wird.

Ein Zucken geht durch den mageren Körper. Mit einem unregelmäßig hastigen Schnappen holt das Mädchen Luft. Langsam kommt etwas Farbe in ihr Gesicht. Das Mädchen schließt die Augen. Jetzt wird der Atem fast schon ruhig und beinahe gleichmäßig.

Die Kamera blickt auf die Tür des Zimmers. Neben der Tür hängt, im spärlich fahlen Licht des Mondes kaum sichtbar, wieder die dünne Lederpeitsche. Sie hängt an einem Messingharken. Neben dem Messingharken bricht, an der Stelle, an der der Nagel gesessen hat, ein Stück Putz aus der Wand. Der Harken sitzt weiter fest, aber das Putzstück fällt auf den Holzboden wo einige verwelkte Blütenblätter der wilden Lilien aus dem Gebinde liegen.

Abblenden.

Szene 18

Im Innenministerium. Die Kamera zeigt die Statue des heiligen Antonius, die immer noch eine Kette aus Büroklammern um den Hals hängen hat.

„Wenn wir nicht bald jemanden verhaften können, wird es unangenehm", sagt der Kommissar der am Schreibtisch gegenüber des Schreibtisches sitzt, auf dem der mit Büroklammern geschmückte heilige Antonius steht.

„Raphaël kann es nicht gewesen sein", sagt der andere Kommissar.

„Und der Killer von Danton auch nicht, der ist tot."

„Aber seine Leiche haben wir nicht."

„Ja, ja, die fehlende Leiche. Du vergisst, dass Danton seinen Saubermacher geschickt hat. Aber dieses Mal hat die Spurensicherung gut gearbeitet. Das können die ja auch. Ich habe gestern den Bericht bekommen. Die haben in die Abflüsse geschaut und dann im Kanal, in einem Auffangbecken der Pumpstation an der Rue de Picolete, die ganze Soße gefunden. Da ist eine komplette Leiche aufgelöst worden, mit Salzsäure, ganz klassisch. Die haben sogar ausrechnen können, wie schwer der Tote war:

82 Kilo. 70 Kilo Muskeln und Fett und 12 Kilo Knochen. Dantons gut trainierter Scharfschütze."

"Und warum hat Danton ihn geopfert? Das gibt doch keine Sinn."

„Was weiß ich, muss ja nicht alles einen Sinn ergeben."

„Und wer imitiert ihn jetzt?"

„Irgendein Spinner oder vielleicht auch niemand und wir jagen einem Phantom nach."

„Erzähl du mal der Presse, dass das alles Zufall ist. Die haben morgen wieder eine neue Karte."

Die Kamera fährt auf eine aufgeschlagene Zeitung, die auf dem Schreibtisch des Kommissars liegt. Darin die Schlagzeile: „Totalversagen der Polizei. Wer schützt uns vor dem brutalen Superkiller?"

Szene 19

$\mathcal{E}$in später Nachmittag. Der Mann sitzt auf dem Stumpf eines abgehackten Baumes und weint.

Eine Stimme spricht aus dem Hintergrund:

Was hast Du getan?

Eine zweite Stimme antwortet:

Ich habe nichts getan,
ich habe auf den Mond geschaut
und geweint.
Ich habe geweint und geschaut,
nichts habe ich
getan,
nichts.
Ich habe nichts getan,
der Mond schaut
auf das
was ich getan habe.

Die Stimme spricht wie eine Litanei. Immer wieder wiederholt sie die Sätze. Immer wieder wird die Litanei von der bohrenden Frage der ersten Stimme unterbrochen. Mal ist sie leise und beschwörend, mal fast donnernd laut. Die Zeilen der zweiten Stimme gehen durcheinander, verschlingen sich ineinander, werden über und gegeneinander gesprochen. Aus den zwei Stimmen werden viele Stimmen.

Der Mann, der auf dem Stumpf des abgehackten Baumes sitzt, zuckt und zappelt. Er hat einen epileptischen Anfall. Er schreit, bricht zusammen, liegt neben dem abgehackten Baum. Regungslos.

Die Kamera fährt in unendlicher Langsamkeit immer höher in die Vogelperspektive.

Man sieht den Baumstumpf, den abgehackten Baum und daneben den verkrampft starr am Boden liegenden Mann und eine Axt. Man hört Ennio Morricones, Chi Mai. Irgendwann sind Mann und Baum und die ganze Szenerie nur noch ein Punkt.

Abblenden

Szene 20

Das Mädchen, dem der Mann den Po versohlt hat, mittlerweile eine junge Frau von gut 20 Jahren, immer noch sehr kindlich, im Lara Croft Outfit mit Maschinenpistole. Sie stürmt in die Küche des Reihenhauses. Der Mann, kaum gealtert, sitzt in Unterhemd und Shorts am Küchentisch. Die junge Frau erschießt den Mann mit einer Salve aus dem Maschinengewehr. Sie schleppt den Erschossenen durch das Dorf zur Kirche. Die Kamera zeigt den für eine Dorfkirche erstaunlich großen hochgotischen Innenraum. Die Frau legt den blutenden Leichnam auf die Stufen vor dem Altar.

Schnitt.

Einstellung direkt vor dem Altar. Vogelperspektive. Der Erschossene liegt in einer immer größer werdenden Blutlache. Eine lange Einstellung. Musik: Verdi Requiem, Dies Irae.

Irgendwann dann Abblenden.

Szene 21

Der gläserne Quartsextakkord des zweiten Satzes aus Beethovens siebter Symphonie, vorsichtig intoniert und viel zu lange gehalten, in die Dunkelheit eines Raumes gelegt, dessen Konturen noch gar nicht erkennbar sind. Die ersten Töne der tiefen Streicher, auch viel langsamer als von Beethoven komponiert, kommen aus dem Dunkel hervor, mischen sich mit dem überlangen Nachhall des immer noch verklingenden Akkords.

Langsam wird der Raum sichtbar: Das Innere einer großen gotischen Kathedrale. Die Kamera zeigt den Blick von der Vierung auf das Hauptportal. Ein sehr langes Haupthaus, ein sehr hoher Raum. Mittlerweile haben die Violinen das Thema aufgenommen, immer noch viel zu langsam, aber schon schreitend. Beim ersten Höhepunkt des Themas ein gar nicht passendes Diminuendo. In kleinen Schritten wird die Musik leiser, entfernt sich schließlich völlig aus dem Raum.

Stille.

Durch die übermäßig hohen Fenster fallende Streifen matt farbigen Lichts durchbrechen das schwebende Dunkel des Raums. Fast sieht es aus wie von Friedrich Hechelmann gemalt, nur dass statt der Blau- und Grüntöne

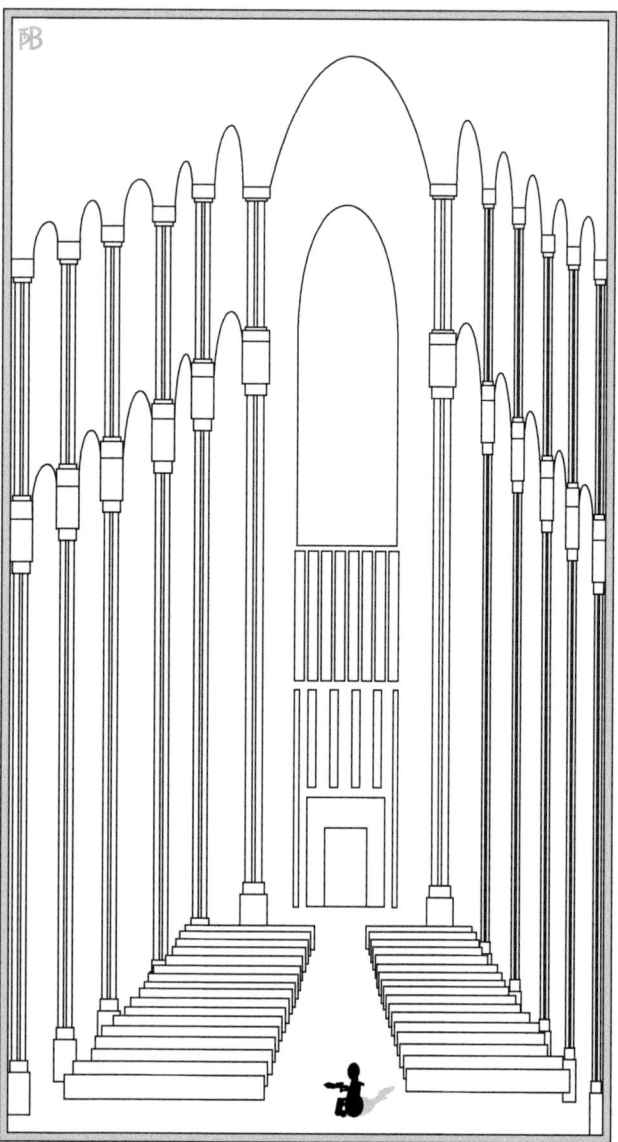

sich hier alle möglichen Schattierungen von hellerem und vor allem dunklen Braun ineinander mischen. Das Bild wird klarer, verändert seine Farbe. Das Braun changiert zu Grau, wird zum kalten Grau hoher Pfeiler, die mit ihren scharf gezeichneten Kapitellen, farbig akzentuiert mit feinen Linien aus Rot und Gold, das weißmelierte Gewölbe tragen. Eine gewaltige Konstruktion für eine Vorahnung von Ewigkeit.

Durch den langen Gang des Hauptschiffs schiebt ein Mann eine Frau im Rollstuhl. Es ist ein Mann im besten Alter, hoch gewachsen und hager. Er trägt einen langen Mantel, der wie eine Soutane aussieht. Er geht langsam. Die Frau im Rollstuhl ist in eine Decke eingewickelt, der untere Teil ihrer Beine zusätzlich mit einer Schutzhülle aus einem beig braunen Kunstleder abgedeckt; an der Seite ein metallisch glänzender Reisverschluss. Der Mann geht langsam. Der Rollstuhl schiebt sich schwer. Er ist voll beladen. In der Vierung bleibt der Mann vor dem Altar stehen, er dreht den Kopf, wirft einen kurzen Blick auf das große Fenster im südlichen Querhaus. Dann wendet er sich wieder dem Rollstuhl zu, öffnet den Reißverschluss, schlägt die Decke zurück, und lässt Decke und Kunstlederabdeckung auf den Boden gleiten.

Die Kamera fährt auf den vor dem Altar stehen Rollstuhl. Die Beine der Frau sind mit angeschnallten metallischen Stützen stabilisiert. Das Gesicht der Frau ist alt und verhärmt. Die Kamera geht ganz nah an das Gesicht heran, ein Lächeln, scharf, von Enttäuschung und vielen Verletzungen durchzogen, bitter und zynisch.

Schnitt.

Die Kamera blickt auf die Vierung. Der Mann holt aus dem unter der sitzenden Frau vollgepackten Rollstuhl ein übergroßes in Lumpen eingewickeltes Etwas. Mit ein paar routinierten Handgriffen packt er es aus dem Stoff. Es ist ein in seine Einzelteile zerlegtes riesiges Maschinengewehr, fast eine Panzerfaust. Der Mann baut die Waffe zusammen, steckt den Lauf ein, arretiert das Magazin, prüft die Funktionsfähigkeit der Waffe und entsichert sie. Er legt der Frau die entsicherte Waffe in den Schoß. Dann gibt er ihr drei große Munitionspakete.

Zum Zeichen, dass alles bereit ist, nickt der Mann kurz. In einer sehr langsamen Bewegung dreht er sich dann in Richtung Hauptportal. Die Frau schaut auf seinen Rücken.

Langsam, Schritt für Schritt, entfernt sich der Mann. Aus einem unter ihrer Bluse geschnallten Halfter zieht die Frau einen kleinen Revolver. Sie erschießt den Mann. Ihr Gesicht kalt und emotionslos.

Sie dreht den Rollstuhl in Richtung südliches Querhaus und nimmt das übergroße Maschinengewehr in den Anschlag. Der Rollstuhl steht im farbigen Licht, das durch das große Fenster fällt, eine riesige Fläche bunt farbiger kleiner Quadrate. Die Frau schießt auf das Fenster. Eine Salve nach der anderen feuert sie auf die bunten Glasscheiben. Die Kamera zeigt das berstende Glas. Ein ganzer Strom von geborstenen Glasscheiben bricht mit donnerndem Tosen aus dem Fenster hervor. Der Strom des geborstenen Glases wird immer mächtiger. Ununterbrochen strömen die Glassplitter in den Raum. Das Tosen nimmt kein Ende. Die in den Raum hineinbrechende Walze scharfkantiger Glassplitter fließt in einem breiten Strom durch den Raum, um den Altar herum, zum Eingang der Krypta.

Schnitt.

In der Krypta. Man hört das tosende Donnern der immer noch größer werdenden Lawine gesplitterten Glases.

Blick von der Krypta in die Gruft. Einstellung auf die Wand mit den Platten, die die Kammern abdecken, in denen die Sarkophage eingemauert sind. Rechts unten, vielleicht gut einen Meter über dem Boden, wackelt eine Platte. Sie wird etwas hin und her geschoben, offensichtlich von innen, dann fällt sie herunter, zerbricht in drei ungleiche Teile. Ein Fuß, mit einem violetten Pantoffel bekleidet, stößt einige Zementreste weg. Ein Bein, etwas angemodert, wird sichtbar, dann das zweite. Ein auf dem Rücken in der engen Kammer liegender Leichnam schiebt sich langsam mit den Füßen nach vorne aus der Kammer heraus. Ein Bein knickt ab. Man hört schweres Atmen, Röcheln. Der Leichnam lässt sich plump aus der Kammer auf den Boden fallen. Der böse Kardinal liegt reglos da. Dann richtet sich der Haufen gut einbalsamierten verdorbenen Fleisches auf. Er stützt sich auf seinen Bischofsstab. Der goldene Stab ist mit den schmierigen Sekreten verschmutzt, die aus dem konservierten Leichnam ausgelaufen sind.

Der Leichnam geht aus der Gruft in die Krypta, dann zur Treppe, die aus der Krypta führt und bleibt schwer röchelnd atmend am Treppenfuß stehen. Von oben kommt ihm die Lawine aus bunten Glassplittern entgegen. Er kämpft sich gegen die bunten Glassplitter die Treppe hinauf, dann an der Glaslawine vorbei zum Vierungsaltar.

Jetzt steht der Leichnam des bösen Kardinals hinter dem Altar. Er klettert auf den Altar. Aus seinem goldenen Bischofsstab wird eine schwarz glänzende riesige schwere Lederpeitsche. Er schwingt die Peitsche über dem

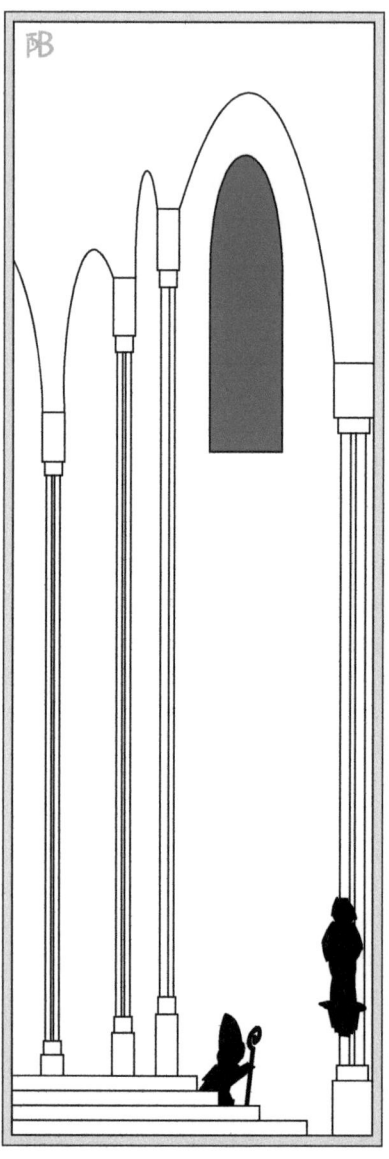

Kopf. Aus seinem zahnlosen Mund röchelt er: „Immer wieder Sex, immer wieder geht es nur um Sex. – Mit der Peitsche. – Wie mit der Peitsche. – Draufschlagen. – Immer wieder draufschlagen."

Er nimmt jetzt eine Statue ins Visier, eine große Frauenstatue. Die heilige Anna. Sie steht an einer der die Vierung tragenden Säulen. Er schlägt mit der Peitsche nach der Statue. Die Statue dreht ihr Gesicht zu dem wild mit der Peitsche auf sie einschlagenden Leichnam des bösen Kardinals. Die Statue wird größer. Sie wächst. Sie lächelt und streichelt verführerisch über ihren schönen Körper.

„Auch du", röchelt der böse Kardinal, „auch du. Ich wusste es doch."

Die Peitschenhiebe werden heftiger. Das Gewand der Statue wird von den Peitschenhieben zerschnitten, es fällt herunter. Die Statue ist jetzt nackt. Man sieht einen schönen, weichen, weiblichen Tein. Eine erotische Frau. Selbstbewusst steht sie da. Sie schaut fordernd zur Mitte der Vierung. Ihre Haut durchwallt eine lustvoll warme Röte.

Aus dem Mund des bösen Kardinals kommen nicht mehr verständliche, fauchend zischende, Laute. Wild um sich schlagend peitscht er die nackte Statue aus. Die Kamera zeigt die Haut der Statue bildfüllend. Eine Überblendung. Aus der weichen Haut wird strahlend weißer Marmor. Die Kamera zeigt, wie die schwarzen, scharfen Riemen der Lederpeitsche, schneidend wie diamantbeschichtete stählerne Bänder, den weißen Marmor zu Staub zerschlagen. Eine riesige Staubwolke aus pulverisiertem weißen Marmor umhüllt den auf dem Altar stehenden bösen Kardinal. Er hustet, röchelt, bricht zusammen, wird von dem Staub durchdrungen, zerfällt selbst

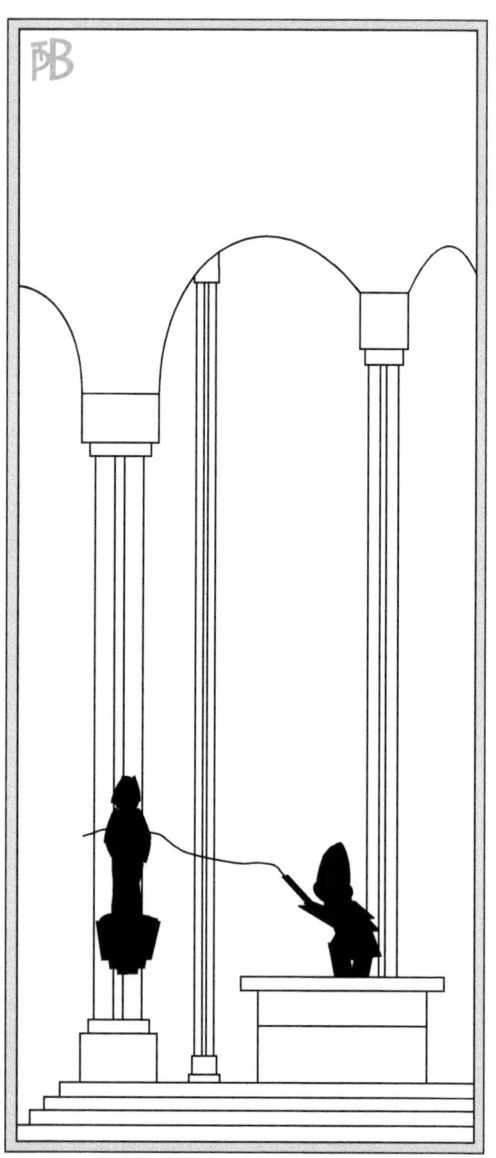

zu Staub. Der weiße Staub der Statue legt sich wie eine dünne Schneedecke über den gräulichen Haufen Staub des zerfallenen Leichnams des bösen Kardinals. Man hört ein Lachen, triumphierend lustvoll, das jugendlich frische Lachen der heiligen Anna. Es klingt durch den ganzen Raum.

Aus dem Altar schlägt eine bläuliche Flamme bis in die Kapitelle der Vierung hoch. Es gibt eine Verpuffung. Der Altar und das hölzerne Podest, auf dem er steh, fallen in sich zusammen. Die Mosaiksteine des Bodens werden sichtbar. Die Sonne des Mosaiks glüht, die Steine brechen auseinander, ein riesiger Krater tut sich auf. Er verschlingt alles. Am Rande dieses Kraters steht der Rollstuhl. In ihm liegt die leergeschossene Waffe. Der glühend rote Lauf hat den Kunststoffbezug des Sitzes verschmort. Aus dem Gewölbe fallen Steine. Die Kathedrale bricht zusammen. Ein donnerndes Getöse. Dann Stille. Schwarzes Bild für eine ganze Zeit.

Szene 22

Langsames Einblenden des nächsten Bildes: Eine Lichtung in einem Buchenwald. Ein kleines Mädchen in einem weißen Kleid geht über das Gras der Lichtung. Man sieht das Mädchen von hinten. Eine Schlange beißt das Mädchen. Sehr dunkles Blut, fast schwarz, tropft aus der Bisswunde. Ein Tropfen des Blutes fällt auf den Kopf der Schlange. Die Schlange stirbt qualvoll.

Die Kamera zeigt das Gesicht des Mädchens. Ein Zombie-Gesicht. Dann fährt die Kamera etwas weiter weg. Man sieht, dass die Lichtung die Form des Grundrisses einer Kathedrale hat. Das Mädchen geht der Spur entlang, die die Außenwände hinterlassen haben. Es setzt sich auf einen Stein, das Trümmerstück einer Säule. Es beginnt zu weinen. An den Stellen, an denen die Tränen aus den Augen des Mädchens auf den Boden fallen, wachsen Blumen, blühende Blumen mit einer zarten, hellblauen Blüte. Die Kamera zeigt in einer Nahaufnahme wie sich eine der blauen Blüten langsam im Sonnenlicht entfaltet. Dann fährt die Kamera zurück. Man sieht die Lichtung. Die Sonne wird heller und heller. Schließlich überstrahlt sie alles.

Abspann

In das strahlend leuchtende Weiß des letzten Bildes wird im unteren Drittel der Horizont der dürren Savannenlandschaft aus dem Vorspann eingeblendet. Durch die Lautsprecher des Soundsystems weht ein zunehmend schärfer werdender Wind. Eine Kinderstimme rezitiert auf Hebräisch Verse aus dem Buch Kohelet.

… havel havālīm …

Während im oberen Teil des Bildes langsam, klassisch mittig zentriert, der Abspann mit den Namen aller an der Produktion Beteiligten durchläuft, wird das Geräusch des Windes in heftigen Böen immer stärker. Kurz bevor die letzten Namen auf der Leinwand durchgelaufen sind, wird aus dem tosenden Wind ein sanftes Säuseln, das dann langsam mit dem verblassenden Bild verklingt.

Anhang

Interview mit Herausgeberin und Autorin

Namen

Interviewerin: Man sagt ja immer „no jokes about names", aber bei Euch muss ich dann doch einmal nachfragen: Ihr seid Schwestern und heißt beide Alexandra. Wie hat das bei Euch funktioniert, wenn eure Eltern euch gerufen haben, zum Beispiel zum Essen oder so?

(beide Interviewpartnerinnen lachen)

Alexandra Melanie: Nun, das war eigentlich ganz einfach, beziehungsweise, das war die Idee meines Vaters …

Alexandra Michaela: … zumindest haben unsere Eltern uns das immer so erzählt …

Alexandra Melanie: … ja, also Alexandra war von Beiden, von meinem Vater und meiner Mutter, der Lieblingsname für ihr erstes Kind. Wenn es ein Mädchen wird, dann heißt sie Alexandra, da waren sich beide einig.

Alexandra Michaela: Und wenn es ein Junge geworden wäre, dann wäre das wohl Alexander geworden.

Alexandra Melanie (zieht die Schultern hoch): Das weiß ich gar nicht, aber auf jeden Fall Alexandra, und ein Doppelname sollte es auch sein. Warum bei mir Melanie, das weiß ich nicht. Eine Tante hat zwar immer erzählt, dass mein Vater einmal in eine Melanie verliebt gewesen sei, in der Schule, und dass diese Melanie immer unerreichbar gewesen sei, für meinen Vater, aber das ist Quatsch, denke ich. Als Michaela sich ankündigte, da kam meinem Vater die Idee, dass es doch schön wäre, wenn meine Schwester – sie wussten da schon, dass es ein Mädchen würde – auch Alexandra hieße. Dann könne man beide Kinder mit einem Namen rufen. Meine Mutter fand das verrückt.

Alexandra Michaela: Unser Vater war einfach ein verrückter Kerl, deshalb hat Mutter sich auch in ihn verliebt, weil er immer so außergewöhnliche Sachen im Kopf hatte und dann auch gemacht hat …

Alexandra Melanie: Und so verrückt war das ja auch gar nicht. Das hat wirklich gut geklappt, bis heute eigentlich. Ich bin Melanie und sie Michaela, wenn es um eine von uns alleine geht, und wenn beide gemeint sind, sagt man Alexandra.

Alexandra Michaela: Das funktioniert auch heute, im Freundeskreis zum Beispiel, noch so. Und seit ich verheiratet bin ist ja auch der Nachname anders, so dass auch Leute, die uns nicht so gut kennen, das ganz gut auseinanderhalten können.

Interviewerin: Aber etwas verwirrend ist das doch schon?

Beide: Ach eigentlich nicht …

Alexandra Michaela: … und wenn es mal verwirrend ist, dann kann man das ja auch immer schnell aufklären. Sicherlich wäre es einfacher gewesen, wenn Alexandra einfach der zweite Name gewesen wäre. So in der Schule hatten einige Lehrer schon ein Problem, weil da natürlich immer Alexandra stand, vorne, als erster Name. Oder „Alexandra M.", aber das hat ja dann auch nichts gebracht *(lacht).*

Alexandra Melanie: Der Englischlehrer in der Oberstufe, den hat das zum Beispiel manchmal schon genervt, wenn er Michaela in der ersten Doppelstunde hatte, im Leistungskurs, und mich dann, ich war ja zwei Stufen weiter, in der nächsten Doppelstunde. Und er hat immer zu uns beiden Alexandra gesagt, ganz konsequent, und da kam er schon durcheinander.

Alexandra Michaela: Einmal habe ich auch die Noten bekommen, die er für Melanie aufgeschrieben hatte. Er hatte immer so ein kleines Notizbuch und da war für jeden Schüler eine Seite. Das war natürlich eigentlich gar nicht sinnvoll. Er hätte das für jede Klasse oder jeden Kurs machen sollen, dann wäre er da nicht durcheinander gekommen. Aber er wollte das über die Jahrgangsstufen und über die Jahre zusammen haben, um so einen Verlauf zu haben.

Alexandra Melanie: Aber in Englisch waren wir gar nicht so weit auseinander, notentechnisch.

Alexandra Michaela: Ja vielleicht deshalb.

(beide lachen)

Cinethek

Interviewerin: Jetzt mal zu eurem Buchprojekt: Cinethek hört sich für mich irgendwie groß angelegt an. Im Moment gibt es einen Band, den ersten der Reihe: „Dunkle Villa" hießt der.

Alexandra Melanie: Ja, genau. Das war eigentlich nur so ein Versuch. Ich fand Michaelas Idee einfach klasse einen Film zu machen. Eigentlich sollte es wirklich ein Film werden …

Alexandra Michaela: … also wirklich nur so ganz am Anfang war das die Idee …

Alexandra Melanie: … weil das war uns natürlich klar, dass wir das nicht machen konnten, einen richtigen Film drehen, so wirklich mit dem Aufwand und der Qualität wie eine große internationale Produktion.

Alexandra Michaela: Ich bin ein totaler Fan von Ingmar Bergman, aber auch von Stanley Kubrick zum Beispiel.

Alexandra Melanie: Und so einen Film kann man natürlich nicht drehen, zu Hause im Garten oder so, auch wenn heute jeder eine Kamera hat, in seinem Handy, die im Prinzip gar nicht so schlecht ist. *(Holt Luft.)* Und die tolle Idee von Michaela war, das einfach zu schreiben, zu beschreiben, was sie im Kopf hatte, als Film. Sie hat sich einfach den Film, den Sie gerne sehen wollte, selbst geschrieben.

Alexandra Michaela: Das Tolle dabei ist, dass man dann da völlig frei ist. Man kann alles machen und wenn man da erst einmal drin ist, dreht man für sich – und damit dann natürlich auch für die Leser – einen Film in dem alles drin ist was man sich wünscht. Ich kann mir Bilder denke wie von Ingmar Bergman oder Stanley Kubrick inszeniert, das Licht, die Kamera und natürlich die Schauspieler und das alles. Das hat beim Schreiben einen Riesenspaß gemacht.

Alexandra Melanie: Und beim Lesen auch. Das war für mich wirklich so, als hätte ich diesen Film gesehen. Und deshalb war ich mir auch sicher, dass ich das als eine Reihe machen wollte, auch damit Michaela da weiter motiviert ist noch mehr zu schreiben.

Alexandra Michaela: Das ist natürlich für mich auch so ein bisschen Druck. Und dass wir jetzt den zweiten Band haben, er heißt übrigens „Rache", das ist natürlich schon klasse. Der kommt hoffentlich im nächsten

Monat heraus und Melanie würde am liebsten schon den dritten Band planen, so ganz konkret, aber ich brauche da eine Pause.

Alexandra Melanie: Was aber nicht heißt, dass sie nicht schon mit mir über eine neue Idee gesprochen hat, aus der sicher der dritte Band der Reihe wird.

Alexandra Michaela: Schauen wir mal. Melanie ist da immer sehr optimistisch, was ich auch bin, nur eben etwas vorsichtiger. Aber klar, wenn man so intensiv an einem Text gearbeitet hat und dann fertig ist, da kommt dann schon immer gleich die eine oder andere Idee. Die Energie und die Fokussiertheit, die man zum Schreiben gebraucht hat, die ganze Zeit, die ist ja noch aktiv.

Alexandra Melanie: Und es steht auf jeden Fall wieder besonderer Sex im Mittelpunkt.

Alexandra Michaela: Ja, ich denke da verraten wir auch nicht zu viel. Denn darum geht es ja. Das ist bei diesem Projekt meine Motivation und auch die von Melanie, weil das, was so bei mir und für mich erregend ist, das ist nicht Mainstream, auch wenn vieles davon in den letzten Jahren schon in die allgemeine Populärkultur aufgenommen worden ist.

Alexandra Michaela: Ich meine so ist das ja entstanden, dass wir etwas haben wollten für unsere Phantasien, so auf einem Niveau mit Kunst und Kultur und Musik. Das sind ja alles wichtige Elemente.

Musik – Fernsehen – Film

Interviewerin: Vielleicht einmal zum Inhalt des neuen Bandes. – Ich konnte den ja schon vorab lesen. – Musik ist da ein gutes Stichwort. Die Filmmusik ist an vielen Stellen ein wichtiger Teil der Handlung. Da werden Stücke genannt, die ich nicht kenne, oder vielleicht nur dem Namen nach kenne? Funktioniert das beim Leser?

Alexandra Michaela: Ich hoffe ja. Und es gibt ja heute You-Tube, da kann man sich das ja schnell raussuchen und dann geht es ja auch oft darum, wie die Musik im Text beschrieben ist und ich denke das funktioniert auf jeden Fall, hoffe ich zumindest.

Interviewerin: Und es werden viele Filme zitiert.

Alexandra Michaela: Ja, so ist die Idee zu diesem Text ja auch entstanden. Ich habe in der Süddeutschen Zeitung – irgendwie so um Ostern letzten Jahres, wir waren bei dem Bruder meines Mannes zu Besuch – einen Artikel gelesen über den Direktors Cut eines Action Films aus den Neunzigern. Ich kann mir ja nicht so gut Namen merken und Titel und so, aber irgendwie hatte ich, als ich den Artikel las, Bilder im Kopf, die zu dem Beschriebenen passten und ich war mir sicher, dass ich den Film, zumindest in Teilen, gesehen hatte.

Alexandra Melanie: Wir haben in unserer Schulzeit recht viel Fernsehen geschaut …

Alexandra Michaela: … und uns da so durch das Kabel-fernsehprogramm gezappt …

Alexandra Melanie: … ganze Nächte lang …

Alexandra Michaela: … und da weiß man gar nicht mehr, was man da eigentlich alles gesehen hat. Aber ich hatte da dieses ausdrucksstarke Gesicht des Mädchens im Kopf, das da die Hauptrolle spielte.

Alexandra Melanie: Natalie Portman.

Alexandra Michaela: Ja. Ich fand das einfach klasse, dieses ausdrucksstarke Gesicht und die Kindlichkeit von ihr im Kontrast zu der Brutalität der Realität in die sie hineingeworfen wird – ihre Familie wird ermordet, vor ihren Augen –, und dann sucht sie Schutz bei dem Nachbar, diesem Mann mit dem sie schon mal gesprochen hat, auf dem Flur, und der ist ein Killer.

Alexandra Melanie: Jean Reno.

Alexandra Michaela: Ja, der ist einfach toll. Und von ihm will sie lernen wie man tötet. Sie will sich rächen können.

Alexandra Melanie: Man könnte auch sagen, sie will das Unfassbare selbst tun um es begreifen zu können.

Alexandra Michaela: Nun, Melanie sieht das gerne immer sehr psychologisch. Muss man vielleicht aber gar nicht. Aber egal. – In der Besprechung in der Süddeutschen, die ich da nach Ostern gelesen habe, stand auch, dass das laszive Spiel mit ihrer erwachenden Weiblichkeit natürlich heute so gar nicht mehr möglich wäre, in einem Film. Und das hat bei mir den Wunsch ausgelöst, so in dem Stil dieses Filmes, einen Film zu haben, der die ganzen sexuellen Themen, auch die verbotenen oder tabuisierten, ganz direkt anspricht.

Interviewerin: Das ist jetzt aber nicht einfach ein Remake oder eine Fortsetzung von „Leon – Der Profi" geworden?

Alexandra Michaela: Nein, natürlich nicht. Es war die Stimmung und die Bilderwelt, die der Impuls war, für das Schreiben. Und dann kommen ganz ganz viele andere Sachen dazu, Dinge die in einem sind, zu dem Zeitpunkt an dem man sich hinsetzt und anfängt zu schreiben. Und wenn man schreibt, dann verändert sich das was man schreibt oder das was man im Kopf hat, das man schreiben will, auch noch einmal. Und dann stellt man das um, findet Bezüge, oder auch das welche fehlen und erst ganz langsam kommt das hervor, was dann letztendlich der fertige Text ist.

Verstehen

Interviewerin: Wir hatten eben ja schon über die Musik gesprochen. Für mich war das nicht immer einfach das aufzulösen. Noch schwieriger finde ich es mit den vielen symbolischen Bezügen. Lässt sich das wirklich alles auflösen? Glaubt Ihr, dass ein Leser, eigentlich müsste man ja sagen der Zuschauer des Films, das alles verstehen kann?

Alexandra Michaela: Ich könnte jetzt einfach Ja sagen. Zumindest ist alles so angelegt, dass es zusammen passt. Aber gleichzeitig – und das ist wohl das, was den Film in einer gewissen Weise, aber ich finde in einer sehr sympathischen Weise, schwierig macht–, ist das natürlich oft sehr mehrdeutig und oft ganz und gar nicht offensichtlich. Das ist zum Beispiel auch das, was ich an 2001 von Stanly Kubrick so gut finde. Man kann das alles gar nicht verstehen, wenn man sich das nur einmal anschaut, zumindest wenn man nur die eine Geschichte darin sehen will. Es sind viele Geschichten, viele mögliche und man kann ganz unterschiedliche Geschichten darin sehen. Aber alle funktionieren. Stanly Kubrick hat 1980 ein Telefoninterview gegeben und da ist er gefragt worden zu der Szene am Schluss von 2001, zu der Bedeutung des Embryo, der da im Raum schwebt, auf die Erde zu, und er hat da eine ganz einfache Antwort drauf gegeben, eine fast, wie er selbst meinte, zu simple Geschichte. Und er meinte, er hätte das bisher so nie erzählt. Und ich denke das war einfach, weil er wollte, dass die Phantasie des Zuschauers nicht so gelenkt wird. Aus diesen Bildern kann man ganz vielfältig phantastische Sachen raus machen, im Kopf, weil das so offen ist. Und das ist ja bei 2001 auch geschehen. Deshalb ist der Film ja auch so viel diskutiert worden, auch kontrovers. Und so finde ich muss ein Film sein, so offen, so vielfältig, und auch kontrovers. Es sind Bilder, bewegte Bilder, und die versteht jeder anders, die soll jeder anders verstehen können.

Und wenn das geht, dann ist das ein guter Film. Und das versuche ich auch zu machen, wenn ich einen Film „schreibe".

Alexandra Melanie: Wobei bei „Rache" jetzt einige Sachen schon sehr speziell sind, oder besser gesagt vielleicht sehr persönlich. Das sind Anspielungen auf Dinge, die versteht man nur, wenn man Michaela kennt. Zum Beispiel die Sache mit dem Zeichen aus einem Punkt und einer gebogenen Linie, ganz am Anfang. Das ist ein Symbol, das Michaela in ihrem Tagebuch genutzt hat, als Geheimzeichen ...

Alexandra Michaela: ... und das du natürlich kanntest *(lacht)*. – Ja, aber das stimmt. Ich hatte schon als Kind, und da konnte ich das noch gar nicht einordnen, sehr viele sexuell gefärbte Erziehungsphantasien. Züchtigungsszenen, die in den ganz normalen Mainstream Filmen der 1950er-Jahre, die dann ja in unserer Kindheit noch das waren, was im Fernsehen gezeigt wurde, vorkamen, die haben mich sehr erregt. Zum Beispiel eine Münchhausenverfilmung mit Hans Albers, wo in einer Szene eine adlige Dame durch das Bild läuft, der der Sultan den Po hat versohlen lassen und die sich jetzt den schmerzenden Po reibt und Hans Albers lacht dazu. Diese Szenen sind in den heutigen Fassungen ja alle herausgeschnitten. Und bei uns zu Hause gab es ja auch keine Schläge. Unsere Eltern waren ja modern.

Alexandra Melanie: Trotzdem wurde darüber sehr viel geredet, auch von unseren Eltern, über ihre eigenen Erfahrungen und von den Müttern in der Nachbarschaft über das, was sie mit ihren Kindern machten, zu Erziehungszwecken.

Alexandra Michaela: Und da gab es in den 1970er-Jahren ja dann auch noch reichlich und regelmäßig Schläge, von denen dann auch Klassenkameraden und die Kinder, mit denen man auf dem Hof spielte, erzählten. Ja, und ich habe in der Zeit ein Tagebuch geschrieben, und habe mir da Zeichen hinein geschrieben, immer wenn ich meinte, dass ich eine Strafe brauchte. Und das hat mich ungeheuer erregt, wenn ich dann das Buch durchblätterte und dieses Zeichen, das einen Po und einen Stock symbolisiert, sah, und daneben eine Zahl, die dann zeigte, wie oft ich es mir mit dem Stock, den ich unter dem Bett versteckt hatte, selbst auf den Po gegeben habe. So ganz vorsichtig und wo ich dann erschrocken war, wenn man am Tag danach noch Spuren gesehen hat, auf dem Po, wenn ich dann doch einmal etwas fester geschlagen hatte.

Vorspann

Interviewerin: Und mit diesem Symbol lässt du den Film anfangen?

Alexandra Michaela: Genau. Wobei der eigentliche oder der ursprüngliche Anfang das war, was jetzt die erste Szene ist. Den Vorspann habe ich dann erst später dazu geschrieben, weil ich mag Vorspänne. Das ist für mich fast das Wichtigste bei einem Film, wie er anfängt, dass man langsam hineinkommt. Nur Dunkel und Musik, ist ein guter Anfang, und dann irgendwelche Lichtreflexe, die noch gar nicht zeigen was sie sind und erst langsam sieht man etwas, was man deuten oder einordnen kann. Das finde ich klasse. „Wings of the dove" zum Beispiel, das hat auch so einen Anfang. Das ist einfach klasse.

Alexandra Melanie: Und Helena Bonham Carter, die spielt da ja die Hauptrolle, und wenn ich die sehe, denke ich immer an die Szene in „Lady Jane", wo sie von der Mutter, gespielt von Sara Kestelman, gezüchtigt wird. Da war sie ja noch sehr jung und das war eine der ersten filmischen Prügelszenen, die ich als Kind gesehen habe, so ganz unvermittelt in die Handlung eingebettet, und ich habe da mit roten Ohren vor dem Fernseher gesessen. Und daran muss ich immer denken, wenn ich sie sehe, aber sorry, ich wollte dich nicht unterbrechen.

Alexandra Michaela: Ja, ist vielleicht wirklich eine andere Richtung von Film, „Wings of the dove" und auch Helena Bonham Carter. Wobei das bei mir genauso ist, mit Helena Bonham Carter, wenn ich die sehe, in einer Rolle. Aber es stimmt schon, für diesen Film, also ich meine jetzt das Buch über das wir sprechen, da sind das schon andere Vorlagen oder Vorbilder die da eine Rolle spielen. Es ist nicht so psychologisch, wie bei den Henry James Verfilmungen und so vorsichtig langsam bei der Entwicklung der Handlung. Das hier ist schon sehr der schnell geschnittene Action Film, auch mit Sprüngen und Lücken, die der Zuschauer, in diesem Fall der Leser, dann füllen oder ergänzen muss, und dadurch wird ein Film dann ja noch einmal schneller, wenn die Bilder schon schnell laufen und die Handlung dann in großen Sprüngen, manchmal eben, so vorangeht und man gleichzeitig denken muss was dazwischen passiert, passiert ist.

Alexandra Melanie: Ich war als Kind immer überfordert mit solchen Filmen. Die habe ich nicht verstanden. Aber jetzt finde ich das klasse und ich finde auch, dass du das klasse gemacht hast, in dem Buch.

Alexandra Michaela (mit einer Kopfbewegung die auf Alexandra Melanie deutet zur Interviewerin): Meine Lektorin *(lacht)*, wenn ich so schreibe, dass sie zufrieden ist, dann habe ich das wohl richtig gemacht.

Rollenverteilung

Interviewerin: Ist das wirklich so die Rollenverteilung zwischen Euch? Die eine die Autorin, die andere die Lektorin?

Alexandra Melanie: Ja, irgendwie schon. Ich habe ja auch versucht zu schreiben, aber da kommt dann nicht so etwas Intensives heraus, in der Qualität, wie die Texte, die Michaela schreibt. Die kann das viel besser. Aber wenn ich das lese …

Alexandra Michaela: … dann kommen da noch einmal ganz viele Rückmeldungen von dir, gerade zur Sprache, so dass ich noch einmal ganz anders schreibe.

Manchmal habe ich den Eindruck, ich verstehe den Text, den ich geschrieben habe, oder das was ich sagen wollte, erst dadurch, dass du den Text gelesen und mit deinen Anmerkungen versehen hast. Das passiert manchmal sogar schon so beim Schreiben, noch bevor der Text da auf dem Bildschirm steht. Dann denke ich: Melanie wird das und das sagen, wenn sie das liest. Wobei sie dann manchmal ganz etwas anders sagt, wenn sie es dann wirklich gelesen hat *(lacht)*.

Alexandra Melanie: Da läuft dann so eine Simulation von mir in Deinem Kopf?

Alexandra Michaela: Ja, vielleicht.

Interviewerin: Habt Ihr mal ein Beispiel für mich, wie das dann so abläuft, der kreative Prozess, bei Euch?

Alexandra Michaela: Also zum Beispiel ganz konkret jetzt bei „Rache", da war das so, dass ich sehr viele von diesen explizit speziellen sexuellen Szenen im Kopf hatte, obwohl ja der Schreibanlass, das habe ich ja schon eben gesagt, dieser Aktion-Film war. Und bei mir fand das alles in der Szenerie der gelblich warmen 1970er-Jahre Bilder statt. Und Melanie fand dann den Kontrast, der schon in der ersten Fassung da war, zu den knallharten Action Szenen, so wie in den klassischen Jean-Paul Belmondo-Filmen, toll. Und dann habe ich das ganz gezielt weiter ausgearbeitet, einfach weil ich gemerkt habe, dass das bei ihr beim Lesen funktionierte. Es sind viel mehr Action-Szenen dazu gekommen, im Vergleich zur ersten Fassung, viel mehr.

Alexandra Melanie: Und dann auch zum Beispiel die Figur des Mädchens. Da hast du mir diese Szene mit dem Kopf vorgelesen, den sie immer hin und her bewegt. Und du hast dabei daran gedacht, dass sie das in genau dieser 1970er-Jahre Atmosphäre macht. Aber du hast das gar nicht explizit so geschrieben. Und ich habe die Stelle völlig anders verstanden. Bei mir war da plötzlich eine Szene im Kopf – so vom Bild her –, die etwas in Richtung Horror ging. Und da hast Du dann ganz viel raus gemacht. Die Sache mit dem Mondlicht und den vertrockneten Blumen und dem Stück Putz, das von der Wand fällt, da wo der Nagel gesessen hat, an den in der ersten Szene im Zimmer des Mädchens der Mann die Peitsche gehängt hat.

Alexandra Michaela: Das war wirklich spannend für mich, weil eigentlich habe ich gedacht, dass ich solche Gedanken und Bilder gar nicht in meinem Kopf hätte und das sie da auch nicht entstehen könnten, denn Horror und so Sachen wie Dracula und so, das hat mich nie so angesprochen, bisher. Das war nie ein Thema für mich. Ich habe das einfach nie verstanden, und jetzt war da das so, dass Melanie das so verstanden hatte und bei mir lief das weiter und dann ist das plötzlich wie eine neue Farbe dazugekommen. Also das war vielleicht wirklich das intensivste beim Schreiben, so für uns beide.

Kathedrale

Interviewerin: Sind so auch die Szenen in der Kathedrale entstanden?

Alexandra Michaela: Nein, das war ganz anders. Das ist erstens, weil ich wirklich gerne in diesen Räumen bin. Also Kölner Dom, zum Beispiel, da bin ich wirklich einfach gern in diesem Raum. Und dann ist das Katholische ja auch ein richtig großes Thema in dem Film. Das ist ja eigentlich der Kernkonflikt. Diese Unterdrückung von Sexualität und diese Doppelmoral und dass nach außen alles glatt aussehen muss, auch wenn nach innen die größten Schweinereien passieren, die ganzen Verletzungen, Unterdrückungen und Beschädigungen.

Alexandra Melanie: Und das sind dann schon auch wirklich sehr spezifisch katholische Themen. Unsere Eltern waren ja sehr offen, liberal. Wirklich, so habe ich sie immer erlebt. Gleichzeitig waren sie auch sehr katholisch, die kamen beide aus einem sehr streng ländlich katholisch geprägtem Milieu. Und ich habe, als ich mit dem Studium fertig war, einmal gedacht, dass ich sie vielleicht viel liberaler erlebt habe, als sie wirklich waren. Und Michaela hat da viele Konflikte mit meinen Eltern ausgetragen, die ich – als die Ältere, die ich irgendwie die Angepasstere war – nie gehabt oder ausgetragen habe.

Alexandra Michaela: Das ist auch so ein Punkt, in dem wir uns lange nicht verstanden haben, und wo das zusammen an dem Text Arbeiten bei uns auch für uns eine

Klärung gebracht hat. Vieles was für mich eine Katastrophe war, etwa auch in der Auseinandersetzung mit meiner Mutter, war für Melanie überhaupt kein Thema.

Alexandra Melanie: Oder ich habe es verdrängt. Das ist mir dann auch bewusst geworden.

Alexandra Michaela: Trotzdem geht es in dem Buch jetzt nicht um uns, oder um unsere Erfahrungen. Das ist ein anderes Thema. Aber wir haben das natürlich mitbekommen, wie das so läuft und was da passiert, wenn Sexualität unterdrückt wird.

Alexandra Melanie: Letztendlich haben wir ja unseren Weg gefunden. Wir, beziehungsweise Michaela, schreibt darüber und ich mache die Bücher und wir leben das ja auch.

Alexandra Michaela: Ja. Wir sind nicht das Thema, in dem Buch. Es geht um die Unterdrückung von Sexualität. Das wird besonders am Ende des Films, in der Szene in der Kathedrale, deutlich. Die Szene mit dem bösen Bischof …

Interviewerin: … das ist der Kölner Kardinal Meißner, denke ich?

Kardinal

Alexandra Michaela: Ja, klar *(lacht)*. Wobei ich immer ein Problem habe mit „Kölner" in Verbindung mit

Kardinal Meißner, denn er wurde den Kölnern ja von Rom vor die Nase gesetzt.

Alexandra Melanie: Und die Sache mit dem Fenster, das ist ja ganz real so. Da hat die Dombaumeisterin dem Kardinal das Richter-Fenster in die Kathedrale gebaut, und er schimpft darüber, dass man das in eine Moschee einbauen könnte. Abwertend war das gemeint, für das Fenster, das in Wirklichkeit so einmalig toll ist, und natürlich auch abwertend für die Moschee.

Alexandra Michaela: Der wollte ja sogar seinen Stuhl im Altarraum umstellen lassen, damit er während der Messe nicht auf das Fenster schauen müsste.

Alexandra Melanie: Ist schon verrückt, die Geschichte und was so ein Mensch alles kaputt machen kann.

Peitsche

Alexandra Michaela: Deshalb auch die Szene mit der Peitsche. Als er in einem Interview einmal auf den Umgang der katholischen Kirche mit Sexualität angesprochen wurde, hat er ja wirklich gesagt, dass er dazu nichts mehr sagen wolle, weil ihm immer nur diese eine Frage nach der Sexualität gestellt würde und er da den Eindruck hätte, dass da immer und immer wieder draufgeschlagen würde, wie mit einer Peitsche.

Alexandra Melanie: Und das bei ihm offensichtlich Peitsche und Sexualität zusammenhängen, das sagt doch auch schon etwas.

Alexandra Michaela: Angeblich soll ja auch Johannes Paul II, dieser polnische Papst, in seinem Schrank einen Lederriemen hängen gehabt haben, mit dem er sich selbst geschlagen hat, auf den nackten Po.

Alexandra Melanie: Das schlimme daran ist ja, dass die ihre sadomasochistische Sexualität, das wäre ja an sich okay, nicht wirklich ausleben. Die lehnen Sexualität ja völlig ab und die meinen sie machten mit den Selbstkasteiungen, so nennen sie das ja, etwas Religiöses und die zwingen ja auch andere dazu.

Alexandra Michaela: Und das geht dann überhaupt nicht. Das ist einfach kriminell zumal das meistens gar nicht geahndet wird, was wirklich ein richtiger Skandal ist.

Interviewerin: Das ist dann aber schon ein sehr interner Blick in die katholische Kirche.

Alexandra Michaela: Ja, auf jeden Fall. Das war eigentlich auch mein Anliegen, also zusätzlich dazu, dass ich einfach tolle Bilder haben wollte, einen Film, der Spaß macht anzusehen und der auch überraschend …

Alexandra Melanie: … und vielleicht ein bisschen auch schockierend ist …

Alexandra Michaela: … wobei das ja heute wirklich schwierig ist, zu schockieren. Das nackte Paar vor dem Altar im Kölner Dom, das war dann auch nur eine Meldung für die regionalen Boulevardzeitungen, und nicht einmal wirklich groß.

Interviewerin: Und du stellst da dann eine alte, gehbehinderte Frau im Rollstuhl mit Maschinengewehr vor den Altar.

Alexandra Michaela: Ja *(lacht).*

Sprünge

Interviewerin: Vielleicht noch einmal zurück zu einer Frage, die ich schon ganz am Anfang unseres Gespräches hatte. Die Frage mit der Konsistenz oder der durchlaufenden Story, dem roten Faden in der Handlung. Ihr habt dazu ja schon gesagt, dass ihr das ganz bewusst gemacht habt, mit den Sprüngen, damit da mehr Tempo hineinkommt und der Zuschauer mitdenken muss und so. Und ich denke das funktioniert auch vielfach. Aber ich habe mich dann auch manchmal dabei erwischt, dass ich mich gefragt habe, wie das mit einzelnen Personen ist. Mit dem Mann, zum Beispiel, oder mit dem Mädchen und der Frau. Also ich denke der Mann, der da in die Gummiwäsche gepackt wird, und der, der im Zug sitzt, das ist derselbe Mann, klar. Aber bei den Frauen ist das nicht so einfach. Ist die Frau mit dem übergroßen Maschinengewehr das gealterte Mädchen, das dann in der letzten Szene wieder ein Mädchen ist, ein Zombie-Mädchen dann? Das ist zum Beispiel eine Frage die mich interessiert.

Alexandra Michaela: Eigentlich müsste ich jetzt einfach Ja sagen, oder Nein. Aber das geht natürlich nicht. Ja, irgendwie ist das schon so gedacht, dass die Frau auch als kontinuierliche Person durch den Film läuft. Am Anfang ist die erzählerische Linie des Mannes breiter. Er ist der Verletzte und der der verletzt. Ich hatte sogar einmal überlegt, dass man seinen Killer ähnlich aussehen lässt wie ihn. Täter und Opfer, das ist ja eine vielschichtige Beziehung. Aber das geht natürlich nicht so. Und deshalb sind die schon voneinander zu unterscheiden. Aber bei dem Mädchen, die ist schon der antagonistische Handlungsstrang zu dem Handlungsstrang des Mannes. Gleichzeitig würde ich das wohl nicht immer mit derselben Schauspielerin besetzen. Das weibliche Thema ist sehr vielfältig. Und so sollte es auch dargestellt werden. Also vielleicht doch Nein. Und vor allem, und deshalb finde ich die Frage gut: Es soll ja vielfältig zu verstehen sein. Am schönsten wäre es, wenn ein Leser noch eine Beziehung entdeckt, zwischen den Personen oder den symbolischen Ebenen, die ich noch gar nicht gesehen habe. Ich schreibe ja sehr intuitiv und da schreibt man auch manchmal Dinge, die mehr sagen als einem selbst bewusst ist. Ich merke das manchmal wenn ich ältere Texte von mir lese. Dann finde ich darin etwas, von dem ich weiß, dass ich es beim Schreiben so noch nicht gesehen habe.

Mann im Reihenhaus

Interviewerin: Du hast eben gesagt, die „erzählerische Linie des Mannes" sei – so hast du dich ausgedrückt – „breiter", am Anfang des Buches. Geht das auch bis zum Mann im Reihenhaus und dem Mann in der Villa? Ich habe mich gefragt, ob in diesen Szenen das da auch derselbe Mann ist, wie in den ersten Szenen? Im Film würde man das ja sehen, denke ich. Im Buch ist das so beschrieben, dass das nicht eindeutig ist.

Alexandra Michaela: Ja, das ist nicht eindeutig, wenn man den Text liest. Das war mir wichtig das so zu machen. Das ist auch einmal ein Vorteil, wenn man ein Buch schreibt und nicht einen Film dreht. Im Film muss man sich entscheiden welcher Schauspieler die Rolle spielt, im Buch kann man das offen lassen, wenn man das will. Aber, und ich denke das wird bei weiteren Lesen dann schon klar, das ist natürlich der Mann aus der ersten Szene. Natürlich hätte ich oder würde ich die Rolle mit demselben Schauspieler besetzen, mit dem auch die ersten Szenen gedreht worden sind. Aber ich würde auch schauen, dass er etwas anders geschminkt ist, dass er jünger oder älter – ich glaube lieber jünger – aussieht und das man sich schon fragt, ob er es ist. Er ist in dieser Szene, auch wenn das nicht ganz das richtige Wort ist – mir fällt leider gerade kein besseres ein – so etwas „undercover". Das ist der Kern der Szene. Er ist untergetaucht in ein bürgerliches Leben, ein ganz normales bürgerliches Leben. Deshalb auch die ausführliche Beschreibung der Szenerie der Vorstadt. Und dann geht die Tür zu – er ist allein – und es packt ihn wieder. Unterdrücktes Verlangen bahnt sich seinen Raum. Er hat sich in die Idylle einer kleinbürgerlichen Beziehung geflüchtet. Er will das und hat seine andersartige Sexualität ausgeblendet. Aber das klappt nicht. Das ist das, was die Szene zeigt. Ich will dann jetzt auch nicht zu viel verraten. Aber das sind auch so die Geschichten, von denen ich denke, dass sie im Kopf des Lesers entstehen, oder von denen ich mir das wünsche, oder, um an den Anfang unseres Gesprächs zu kommen, von denen ich denke, dass es eine der möglichen Geschichten ist, die der Film in sich birgt: In der Vorstadt, das hat nicht geklappt. Er ist dann in die Provinz gezogen. Und da lebt er in einem kleinen Häuschen, ein netter Mann von nebenan, der die neuen Nachbarn freundlich grüßt, aber – das ist die leuchtend orange Jacke und das blendende Fahrradlicht –, so nicht da hineinpasst. Irgendwie passt es dann mit der Nachbarin aber doch. Weil das Dunkle, das in ihm ist, sie anspricht. Das ist die Szene mit dem Blick der Nachbarin, in dem Sehnsucht ist, aber auch Erschrecken. Und es prallen die Formen traditioneller Erziehung, die bei den Gesprächen auf der Gartenparty durchblinken, gerade dann auch in der Szene im Auto, und das was daraus an sexuellem Verlangen und auch an Verwirrung entsteht, aufeinander.

Notre Dame und Peter Handke

Interviewerin: Ich würde noch gerne über eine Szene sprechen, in der es ein Aufeinanderprallen ganz anderer Art gibt. Da ist die brennende Kathedrale und da sieht man schon sehr schön die Beziehung zwischen Kölner Dom und Notre Dame, das Vorbild und der „Nachbau" der erst im 19. Jahrhundert fertiggestellt wurde. Und dann trifft da der Mann auf Peter Handke. Wie lässt sich das verstehen? Und warum Peter Handke?

Alexandra Michaela: Ich lese viel Zeitung, ganz klassisch, noch auf Papier. Das ist vielleicht altmodisch und es ist natürlich auch nicht alles gut oder intelligent, was da geschrieben wird, nur weil es auf Papier gedruckt wird. Nun ja. Und über den Brand von Notre Dame ist ja im Feuilleton auch sehr viel geschrieben worden. In der „Zeit" war ein Artikel von Peter Handke dazu. Und das war einfach peinlich, was der Mann da geschrieben hat. Und dass er dann nachher noch den Literatur-Nobelpreis bekommen hat, natürlich nicht für den Artikel in der Zeit, aber für sein Werk, das finde ich noch viel peinlicher. Ich finde auch sein Werk peinlich, ganz unabhängig von seinen politischen Einstellungen, die ich auch schrecklich finde. Und deshalb ist er in diesem Film eine Staffage, eine Kulisse der Katastrophe. Ein Nebenbei und ganz und gar nicht das was er immer meint zu sein, eine Hauptfigur. Irgendwie musste das sein. Meine Antwort auf so viel Überheblichkeit und Überbewertung. Aber das wird keinen interessieren und das ist auch gut so. Der Film heißt ja „Rache" und das ist vielleicht meine kleine Rache an Peter Handke, die natürlich unwichtig ist, auch deshalb, weil der Film ja eigentlich zeigen soll, und ich hoffe auch zeigt, dass Rache nicht funktioniert, dass sie alles kaputt macht, es noch schlimmer macht, als es schon ist, in der Zerstörung die sie verursacht, bei Allem.

Lucy

Interviewerin: Das ist eine gute Überleitung zu meiner nächsten Frage. Ich habe mich gefragt, warum der Mann auch Lucy, die Frau im Wollkleid, umbringen will. Das sagt er ja in der Szene in der Boulangerie. Ich meine, dass er sich an den Leute rächen will, die ihn erschießen wollten, das verstehe ich. Aber warum Lucy?

Alexandra Michaela: Ja, das passt jetzt wirklich. *(lächelt)* Rache ist immer unlogisch. – Ich habe auch eine ganze Weile an der Szene gebastelt. Irgendwie hatte ich das spontan da so hineingeschrieben, diesen Satz den der Mann sagt: „Ja, vor allem Lucy." Das passiert bei mir manchmal. Und dann, nachdem ich das Melanie zum Lesen gegeben hatte, ich aber von ihr noch keine Rückmeldung bekommen hatte, da habe ich gedacht: Sie wird sagen, dass man das ändern muss. Lucy hat dem Mann doch das Leben gerettet. Warum sollte er sie erschießen. Und dann habe ich das rausgenommen, testweise. Aber ich habe gemerkt, dass das für mich nicht funktioniert hat. Ich denke der Film sagt vor allem, dass Rache *alles* zerstört. Und Lucy, auch wenn sie den Mann gerettet hat – und das ist ja das größte, was man für einen Menschen tun kann, ihm das Leben retten –, sie ist auch die Person, die die geheimen Phantasien und Leidenschaften des Mannes kennt. – Die Sexualität dieses harten Edel-Killers ist passiv. – Und damit ist Lucy Jemand, der Scham, das was verletzen kann, das was verletzt, in sich trägt, nach außen trägt. Seine Scham wird in ihr sichtbar. Und deshalb muss er, wenn er auf dem Pfad der Rache ist, auch sie töten. Er kann es ihr nicht verzeihen, dass sie um seine Verletzung, seine Scham weiß. Das habe ich so gedacht und mich schon auf eine Diskussion mit Melanie eingestellt, die sich ja in Psychologie viel besser auskennt als ich. Aber es war dann so, dass sie das genau so gesehen hat. Das war klar für sie. Für sie war das einfach klar, so vom ganzen Setting des Films, dass das so sein musste. Nur so wird sichtbar, wie durch die Rache alles zerstört wird. Und das ist ja auch so, und besonders heute. Von daher denke ich, ist der Film, auch wenn er mit den Motiven der 1970er- und der 1990er-Jahre spielt, ein sehr moderner Film, ganz in der Gegenwart verhaftet. Wir leben in einer Zeit und einer globalen Gesellschaft, die immer zerstörerischer wird, im Leben des Einzelnen und auch natürlich in ihren Organisationen.

Interviewerin: Das ist aber nicht Thema des Films, oder?

Alexandra Melanie: Das kommt darauf an, wie man das sieht. Natürlich geht es um den Mann, um das Mädchen, um die Verletzung und die Zerstörung die sie erleben, mit der sie kämpfen und die sie auch selbst ausüben. Das sind alles sehr starke Bilder, die auf das Individuum schauen. Ja. Es geht ja um etwas ganz Individuelles, Persönliches. Sexualität ist vielleicht das persönlichste, das wir mit einem Menschen teilen können. Aber da ist auch der Beamte der Nationalpolizei, und der Heilige Antonius. Ich finde das einfach ein klasse Bild, das Michaela da gefunden hat. Wirklich. Das ist einmal – das ist die Heiligenfigur – das alte Leben, die alten tradierten Einstellungen, das Archaische, ja fast Heidnische. Der heilige Antonius, das ist nicht eine aufgeklärte Religion der Vernunft oder so. Das ist Volksglaube. Und dann ist da das Büro in dem er steht. Die Nationalpolizei. Staatsgewalt, institutionalisierte Gerechtigkeit. Aber die Gerechtigkeit wird an die Kette der Bürokratie gelegt. Und sie kommen nicht voran mit den Ermittlungen, sie liegen falsch, die Beamten, wie immer. So sehen sie das selbst. Und, das wäre meine Interpretation dieser Szene: deshalb sind sie es auch.

Alexandra Michaela: Ja, ich denke auch. Natürlich ist Melanie da schon sehr reflektiert und ihre Interpretation ist schon sehr auf die Spitze getrieben, aber, ja, ich finde schon, dass das passt, auch wenn da für mich zuerst, so beim Schreiben nur ein Bild war. Aber wie gesagt, das ist ja so beim Schreiben. Man schreibt eine Szene und dann versteht man, was das war, was sie in einem hervorgebracht hat. Und man lebt ja in der Jetzt-Zeit und hat die Themen in sich. Also von daher passt das, so ja … *(lacht entschuldigend).*

Rache

Interviewerin: Warum der Film Rache heißt, darüber haben wir ja schon etwas gesprochen. Kannst Du das noch einmal genauer erläutern?

Alexandra Michaela: Ja, gerne. Also das zentrale ist, dass es um Verletzungen geht. Am Anfang stehen immer Verletzungen. Und irgendwann entwächst man dem Setting, der Umgebung, in dem die Verletzung entstanden ist, man wird selbst etwas mächtig, hat Handlungsmöglichkeiten, und man will sich rächen. Und damit macht man genau das, was zu Verletzungen führt. Ein Teufelskreis, aus dem man nicht ausbrechen kann. Und das sind eigentlich alles die Szenen in dem Film. Im Vorspann die Frau mit dem Kind auf dem Rücken. Eine Mutterfigur. Der Archetyp einer jungen Mutter.

Die Große Mutter muss ja nicht immer alt sein. Ganz im Gegenteil. Vielleicht auch eine Gottesmutterfigur. Die Gottesmutter in der christlichen Tradition, die ist ja auch eine junge Frau. Und sie ist, wenn man das wörtlich nimmt, ja auch alleinerziehend, könnte man sagen. Der Mann, mit dem sie das Kind erzieht, ist ja nicht der Vater des Kindes. *(Macht eine kurze Pause.)* Die junge Mutter in der Wüste. Sie versteht nicht warum es mit ihr passiert, das was passiert. Ihre Finger fahren an Zeichen entlang, die sie nicht versteht, die aber auf sie wirken. Das ist so einer der Gedanken, die ich gehabt habe, als ich die Szene geschrieben habe. Und dann: Es geht etwas kaputt. Der Krug, die Scherben. Das ist, wenn man das so sagt, schon ein Klischee. Ganz klassisch. So als Bild im Film aber, denke ich, kann es wirken. Der Tempel in der Wüste, nicht einzuordnen in eine genaue Epoche, aber lange her, vergangen, eine vergangene Religiosität, die nur noch in ihrem Echo, den Säulen die noch stehen, wirkt. Es gibt keine Priesterinnen mehr hier, oder Priester, die den Kult pflegen, praktizieren. Nur diese eine Frau, die mit dem Kind auf dem Rücken den Weg gegangen ist. Und sie ritzt etwas in den Boden, das sie nicht versteht, dass die Finger, mit denen sie die ihr unbekannten Zeichen entlanggefahren ist, sie schreiben macht.

Interviewerin: Aber dann gibt es ja auch die Untertitel. Da versteht man als Zuschauer, bzw. als Leser, ja schon was da steht.

Alexandra Michaela: Ich habe auch eine Zeit lang überlegt, ob man einfach die Untertitel weglassen sollte, aber

Melanie meinte, dann würde das zu kryptisch und so habe ich den Absatz mit den Untertiteln stehen gelassen und das finde ich auch gut. Das macht das klarer.

Interviewerin: Und das ist dann so ein Programm, das durchläuft, den ganzen Film?

Alexandra Michaela: In gewisser Weise könnte man das so sagen. Auch wenn das gar nicht meine Überzeugung ist, in dem Film ist das die Geschichte, die da im Hintergrund steht: Wir handeln nach einem Programm, das in uns eingeschrieben ist und das wir nicht kennen. Das ist wahrscheinlich wirklich die Aussage, und das hat mich selbst überrascht. Weil eigentlich habe ich immer die These vertreten und das ist auch heute noch meine Überzeugung, dass wir frei sind, als Menschen in unseren Handlungen. Wir haben einen freien Willen, ja. Aber in dieser Geschichte sieht das anders aus. Ganz erstaunlicher Weise.

Alexandra Melanie: Als wir darüber gesprochen haben, bei der Durchsicht des Textes, da war das durchaus auch eine kontroverse Diskussion, ob man das nicht ändern sollte, oder wollte. Aber das hat nicht funktioniert. Das haben wir schnell festgestellt.

Alexandra Michaela: Und ich glaube das hat auch etwas damit zu tun, in welcher Zeit wir leben. Ich habe das ja schon eben gesagt. Der Film rekurriert auf die 1970er- und 1990er-Jahre, die Zeit in der wir sozialisiert, in der wir erwachsen geworden sind. Aber er ist, wahrscheinlich viel mehr eine Reaktion auf die Phänomene der

Gegenwart. Und wir erleben gerade, dass wir Menschen, so wir als Menschheit insgesamt, uns selbst zerstören. Und wir machen das, obwohl wir eigentlich wissen, dass wir das nicht tun müssten, dass es einen anderen Weg gibt.

Interviewerin: Gibt der Film darauf eine Antwort?

Alexandra Michaela: Wahrscheinlich würden die meisten Leute, wenn sie den Film gesehen hätten, sagen: Nein. Aber ich denke da ist schon eine Antwort. Das sind die kleinen Blumen, ganz am Ende des Films. Die kleinen blauen Blüten. Das ist, wieder ganz die katholische Symbolik, das marianische Blau. Es ist klein, aber es wächst, und das ist die Hoffnung, dass nach der Zerstörung doch noch etwas da ist, das die Kraft zum Leben hat und das größer werden kann.

Alexandra Melanie: Wir haben übrigens bei uns im Garten, im Garten des Hauses meiner Eltern, so Stauden, die genau diese kleinen hellblauen Blüten haben.

Interviewerin: Dann nehme ich diese Hoffnungsblume einfach einmal mit; als optimistisches Schlusswort, gewissermaßen. Und danke für das Interview.

Das Interview führte Domenique Pinault. Die leicht gekürzte französische Fassung dieses Textes erschien am 10. Januar 2020 unter dem Titel „Imaginations d'un film très spécial" in der Sonderbeilage „Livres et films" der Zeitung Le Mounde.

—Filme als Buch gedruckt: Die neue Art des Lesens

Alexandra M. Schumacher

Dunkle Villa

A&S

Das Transkript eines ungewöhnlichen Filmes. Die Geschichte einer Villa, die private Sammlung eines Museumsdirektors und die Liebe zweier Frauen, die an den sexuellen Neigungen ihrer Männer, trotz einiger krimineller Machenschaften, dann letztendlich doch nicht scheitert.

Der große Roman von Gabriel Maria Nerítidos
in der neuen Übersetzung von Michael Claudio
Andreas jetzt bei Edition Hochgrab

Edition Hochgrab

Gabriel Maria Nerítidos

Die Alpträume
meiner Frau

Roman

Edition Hochgrab

Ein Blick hinter die dunklen Fassaden von
Normalität und Erfolg: Mauricio, der agile
Vorzeigejournalist, lebt nachts in den Alpträumen
seiner Frau, die bald schon seine eigenen werden.

Bücher die bewegen

Edition Rotstreif

Ewalyn Piotrowska

Das Haus in der Wilhelmstraße

Eine sadomasochistische Liebesgeschichte

Edition Rotstreif

Die ganz und gar ungewöhnliche Geschichte eines Mannes, der sich in seinen Phantasien verläuft und dann doch den Weg zu sich selbst findet. Erzählt in einer bildreichen, klaren Sprache, stets aufmerksam beobachtet und immer sensibel und liebevoll darum bemüht, den Leser mitzunehmen in eine vielfach als unverständlich erlebte Welt einer sexuellen Neigung, die auch heute noch bei vielen Menschen auf Unverständnis und Ablehnung stößt.

ALEXANDRA PETERSON

Sexualität
der
Einsamkeit

ROMAN

PSYCHOGRAMM EINER NEIGUNG

HERAUSGEGEBEN VON
MICHAELA PETERSON

REZENSION VON
PETER FERACHAUX

ELLIS BELL EDITION NO. 1818

Dieser Roman erzählt die Geschichte einer
erfolgreichen Rechtsanwältin in einer in-
ternationalen Wirtschaftskanzlei. Eine von
außen betrachtet glänzende Karriere. Doch
es ist auch die Geschichte eines erdrückend
einsamen Lebens, einer hermetisch abgekap-
selten Sexualität, grausamer Alpträume und
schrecklicher Verirrungen einer Frau auf der
Suche nach ihrer Identität.

A&S cinethek

Filme als Buch gedruckt: Die neue Art des Lesens